『ショップ』スキルさえあれば、ダンジョン化した世界でも楽勝だ 2
～迫害された少年の最強ざまぁライフ～
十本スイ
Illustration
夜ノみつき

鳥《とり》本《もと》健《けん》太《た》郎《ろう》
『再生師』を名乗る青年。怪しい男だが、正体は……。
ソル
日呂の使い魔。可愛くて食いしん坊。
坊《ぼう》地《ち》日《ひ》呂《ろ》
高校二年生。事情があって高校で孤立している。

王《おう》坂《さか》藍《あい》人《と》
高校の理事長の孫で、暴虐非道な不良。
福《ふく》沢《ざわ》丈《じょう》一《いち》郎《ろう》
『白ひげ先生』と呼ばれる医師。
十《と》時《とき》恋《こい》音《ね》
日呂のクラスメイト。孤立する日呂を心配している。
十《と》時《とき》まひな
恋音の妹。天真爛漫で元気いっぱい。
福《ふく》沢《ざわ》環《かん》奈《な》
丈一郎の娘。事故で歩けなくなった。

「……あのフクロウ、ペット？」
「まあな」
「何ていう名前なの？」
「……ソルだ」

「あはは、ソルちゃん、よろしくねぇ～」
「ぷぅ～！」

「……終わりだ」

ナイフを一閃し、
ゴブリンの首を切り裂いてやった。
「なるほど。討伐したら消えるってことか」
しばらく動かなくなったゴブリンを見ていると、
そのまま光の粒子となって消失したのである。

CONTENTS

"SHOPSKILL" sae areba
Dungeon ka sita
sekaidemo rakusyou da

ダッシュエックス文庫

『ショップ』スキルさえあれば、ダンジョン化した世界でも楽勝だ
～迫害された少年の最強ざまぁライフ～

十本スイ

プロローグ

“SHOPSKILL”
sae areba
Dungeon ka sita
sekaidemo
rakusyou da

………………はぁ、またか。

俺は教室に入り自分の席を見下ろしながら溜息を吐く。

そこには解体された机と椅子《いす》がバラバラに置かれていた。

クスクスと笑い声が聞こえてきたので、そちらに顔を向けると、男子たちがニヤニヤしながら俺を見つめていた。

目を逸《そ》らすこともない。自分たちがやりましたと言っているようなもの。

それでも奴らは咎《とが》められないと確信しているのか、楽しそうに笑っている。

……くだらねえ。

解体なんてご苦労なこった。わざわざこんなバカなことに労力を注ぎ込むなんて、逆に感心するほどだ。何が面白いのか。

登校してくるクラスメイトたちも、俺と席を見ても、もう何も感じないのか、一瞥《いちべつ》したあとに普通に友達と談笑をし始める。

クラスメイトたちも、この状況に慣れてしまっているのだろう。事実、俺の席が朝から異常なのは、これで通算二十五回目だ。そりゃ何も思わなくなっても仕方ない。

最初の頃は、俺を可哀相《かわいそう》な目で見ていた連中も、今じゃ日常と受け入れている。

俺はとりあえずこのままだとどうしようもないので、バラバラになった机を空き教室へと運び、予備の机を持ってきた。そこへ担任の教師が入ってきて、俺が机を運んでいる姿を見て眉《まゆ》を顰《ひそ》めながら言う。

「おい坊地《ぼうち》、さっさと席へ着け」

……相変わらずだな、この教師も。

面倒ごとが嫌いな典型的な日和見《ひよりみ》型。いや、これはどちらかというと加担しているとも言えるだろう。こんな状況を何度も何度も見て見ぬフリができる人間が、よくもまあ教師なんて職に就《つ》いたもんだ。

授業が始まり、そして終わって、休み時間に入る度《たび》に、何の脈絡もなく、クラスメイトが通りがかりに俺の机や椅子を蹴《け》りつけてきたりする。

止めろと言ったところで無意味なのは分かっているので無視するしかない。

何故俺がこんな状況に陥《おちい》っているのか。その理由は実に簡単だ。このクラス……いや、学校で絶対的権力を有している存在に歯向かったからである。

チラリと、俺をこの状況に追い込んだ張本人《ちょうほんにん》に視線を向けた。クチャクチャとガムを噛《か》みながら、まるで害虫でも見るような目つきで俺を見てくる。

髪を金に染め、両耳には幾つもピアスをしている典型的な不良と呼ばれる生徒だ。しかし見た目に反して、教師からの印象はそう悪くない。というよりは怖くて逆らえないのかもしれないが。

コイツ――王坂藍人《おうさかあいと》は、この【王坂高等学校】における理事長の孫なのだ。

理事長は孫を溺愛《できあい》していて、何度か警察沙汰《ざた》の問題を起こしたが、コネを利用して揉《も》み消したという話も有名である。

理事長の権威。それを思う存分振るう王坂には誰も逆らえない。

事実、誰もが彼の顔色を見て過ごし、彼のご機嫌取りに勤《いそ》しむ。

だがただ一人、俺はそんな王様気取りのバカに歯向かったのである。

今から約二ヶ月ほど前。高校二年生に上がり、運悪く王坂と同じクラスになった時のことだ。

王坂はクラスの連中を侍《はべ》らせながら、何を思ったのか、俺みたいな目立たない生徒に声をかけてきた。

『おいそこのお前、喉《のど》が渇《かわ》いた。ビール買ってこい』

当然何かの冗談だと思い、軽く笑って「無理だ」と答えた直後、いきなり奴が俺の顔面を殴《なぐ》りつけてきやがった。そして『いいからさっさと行けやクズが』と言うので、俺も頭に来て顔面を殴り返してやったわけだ。

当たり前のように、俺の行動に周りは騒然とした。何せ誰も媚《こ》びへつらうことしかできない相手に対し手を上げた奴がいたのだから。

そこから俺は王坂に完全に目を付けられ、イジメのターゲットにされた。

その日から、誰もが俺から離れていき、誰も俺に近づこうとはしなくなった。

それだけじゃなく、多くの者が王坂に従いイジメに加担するという始末。

中には一年の時や、中学の時に仲良くしていた連中もいた。

人間ってのは結局自分が一番可愛《かわい》いし、自分の世界だけが守れたら良いっていう存在だ。そこに善悪もない。それは本能的なことで、別に俺が憎むようなことじゃない。

だがそれでも、この学校の連中の振る舞いで、俺は人間に期待するのは諦めた。

例えばの話。王坂を排除できたとしても、そのあとにコイツらと平和的に過ごせるかといえば無理だ。俺にとって、もう人間ってもんは信頼できない存在になってしまっているから。

途中、休み時間になって、王坂たちがトイレに行くのだろうか教室を出て行った。どうやらこの時間は平和に過ごせそうだと思っていると……。

「あ、あの……坊地くん?」

突如話しかけてきたのは、名ばかりのクラス委員長を務めている十時恋音《とときこいね》だった。

優し気な顔立ちで、一緒にいるとゆったりした時間を過ごせそうな雰囲気《ふんいき》を持っている。黒髪でショートカットがよく似合う女子だ。桃色のカチューシャをしているので、どこか子供っぽい印象が強いが。

　ぶっきらぼうに「何か用か？」と答えると、十時が教室の出入り口をチラチラと確認しながら、不安そうに口を開く。

「その、だ、大丈夫？」

「お前には関係無え」

「っ……ご、ごめん……なさい」

　王坂たちがいつ戻ってくるのか怯《おび》えながら心配されても鬱陶《うっとう》しいだけだ。

「んだよアイツ、せっかく十時さんが声かけてるのに」

「そうよね。何様のつもりだってのよ」

「だからイジメられてんじゃん？　バッカじゃない」

　口々にそんな的外《まとはず》れなことを言い出すクラスメイトたち。何も分かってないくせによく言う。すでにお前らも加害者なんだよ。

　俺は「さっさとどっか行け」と強めに言うと、十時は目を伏せながら「ごめんなさい」ともう一度口にして自分の席へと戻っていった。

　そして昼休みに入ると、問答無用で王坂とその取り巻きに校舎裏まで連れて行かれる。

　これも毎日繰り返されることで、殴っては蹴られ、財布なんて持っていようものなら、中身を全部奪われてしまう。だから今は、財布を持ち歩かないようにしているが。

「……おいおい、少しは抵抗してみせろよな。つまんねえ奴。最初はこの俺を殴ってくる無謀《むぼう》さはあったってのによぉ」

三人がかりで俺を袋叩きにしておいて、どの口がほざきやがる！

それに今も、身体《からだ》を押さえつけるかのように、奴らが身体を踏んづけてきている。

「そろそろ痛めつけんのも飽きてきたよなぁ。……殺してみるか？」

王坂のそんな呟《つぶや》きに、取り巻き連中が、顔色を青くする。殴る蹴るはできても、さすがに殺人は許容できないのだろう。

「どうせこんなクズ一人死んだところで誰も悲しまねえだろ？　知ってるぜおい。お前、親がいねえんだってな。高一からず～っと一人暮らしなんて、あ～可哀相に～。……あ、そうだ。おい石田《いしだ》ぁ、コイツでちょっとそいつの喉を切ってやれよ」

王坂が懐《ふところ》からアーミーナイフを取り出して、取り巻きの一人――石田に手渡そうとする……が、「え、あ、お、俺……ですか？」と、石田は躊躇《ちゅうちょ》を見せる。

「てめえ以外に誰がいんだ？　ああ？」

「そ、それは……でもさすがに……」

やはり人殺しは嫌らしく、完全に目が泳いでいる。他の連中も目を逸らしてここでも見て見ぬフリだ。本当にくだらねえ連中だな。

「この根性なしがぁ！」

何も言わない奴に苛立《いらだ》ったのか、王坂が石田の腹にケンカキックを食らわせた。

当然無防備に攻撃を受けた石田は、苦しそうに呻《うめ》き声を上げて蹲《うずくま》る。

すると王坂が、俺に近づいてきてナイフで頬《ほお》を叩いてきた。

「ほれ、今なら泣き喚《わめ》いて助けを請えば許してやるぜ？　いつまでも意地張って、何の得もねえだろ？　さっさと俺に忠誠を誓えや」

俺はただ何も言わずに、王坂の目を真っ直ぐ睨《にら》み返していた。

「ちっ……またその目かよ。……たく、白けちまったなぁ」

そう言いながら興味を失ったかのように踵《きびす》を返して、その場をあとにする。

慌てて他の連中も、蹲っている石田を抱えながら去って行く。

「うっ……くぅ……！」

俺は壁際まで這《は》いずり、何とか起き上がって壁に背を預ける形で座る。

「いって……はは、また結構やられちまったな」

やられっぱなしは性分じゃないが、反撃したところで、より過剰《かじょう》な暴力が待っていることも知っているので、王坂の気が済むまで耐えるしかない。文字通り、嵐が過ぎ去るまで。

しばらく座っていたらチャイムが鳴った。次の授業が始まったようだ。

……俺は、絶対に屈したりしねえ。

あんな連中に頭を下げるくらいなら死んだ方がマシだ。

たとえ拷問《ごうもん》を受けようが、殺されようが、最期の最期まで抗《あらが》う人生を送る。

それが――死んだ親父《おやじ》から受け継いだ、たった一つの信念だから。

『いいか日呂《ひろ》、納得できねえもんに背を向けるようなダセぇ生き方だけはすんじゃねえぞ』

親父は最期までその信念を守り通した。そんな親父を、俺はこの世の誰よりも尊敬している。

そして俺もまたそうありたいと思っているのだ。

だからこそ、理不尽でクソッたれな現実からも、逃げたり背を向けたりはしない。そんなことは俺の美学に反する。

「俺は……負けねえよ、親父」

歯を食いしばって立ち上がる。するとその時だった。

――パリィイイイインッ！

「っ……何だ、今のは？」

頭の中に直接だ。ガラスが割れたような音が響き渡った。

殴られ過ぎて頭の中までやられたのかと心配になった。

一応頑丈さだけは売りだったのだが。

しかしそんなことを考えていると――。

「「「――きゃあぁぁぁぁぁっ!?」」」

突如女子生徒らしき悲鳴が聞こえてきた。

第一章 ショップスキル

"SHOPSKILL"
sae areba
Dungeon ka sita
sekaidemo
rakusyou da

「何かあったのか？」

痛む身体に耐《た》えながら確認しにいくと、そこには目を疑うような光景が広がっていた。

そこから見えるグラウンドでは、男女が体育の授業をしていたらしい。だがそんなことよりも、見慣れぬ物体がグラウンドの上を走り回っていたのである。

全身が緑色をした人型生命体とでもいおうか。見た目は子供くらいの大きさだが、明らかに人間とは異質な存在だった。

尖った耳に赤く光る瞳。醜悪《しゅうあく》な顔を持つ奇妙な生物が、その手にこん棒や剣などの武器を携《たずさ》えて、逃げ回る生徒たちを襲っているのだ。

「お、おいおい……何の冗談だ？」

さらに今度は体育倉庫の天井を突き破り、おもむろに〝ナニカ〟が出現してきた。

それは青色に彩られた全身に腰布一枚という風貌《ふうぼう》だが、まるで鬼のような姿をしており、体長でいえば五メートルくらいの巨体である。

一瞬何かの作り物かとも思ったが、そいつは滑らかに動きながら外へと出て、驚くことに一人の生徒をその巨大な手で摑《つか》むと——。

「う、嘘だろ……っ⁉」

——口に放り込んでしまったのである。

その光景を見た者たち全員が戦慄し、叫び声を上げて校舎の中へと逃げていく。

……訳が分からない。

何がどうしたらこんな状況が生まれるのか……サッパリだ。

これじゃまるでゲームやアニメの世界じゃないか。

ゲーム？　そういや、あの小さい奴……ゴブリンに似てるよな？

ゴブリン——ＲＰＧなどによく出てくる、スライムと双璧《そうへき》を為す弱小モンスターである。

「まさか……いや、そんなはずは……」

ネット小説では、確かにそういう物語は存在する。

突然現実世界にダンジョンやモンスターが出現したりするのだ。しかしもちろんそんなことは現実には起こるはずもない。そんなこと誰もが知っている。あくまでも創作なのだから。

「でも……」

俺は半信半疑ながらも、試しにこういう時のお決まりの言葉を口にしてみることにした。

「ス……ステータス……オープン」

………何も起こらない。

どうやら晴れて主人公になれるような力は俺にはなかったらしい。

まあそんな都合良くはいかないってことだろう。

つまりモンスターと遭遇《そうぐう》するだけで死に直結するかもしれない。

「とにかくここにいたら危険か。いつ襲われるとも限らねえし。教室に……いや、それもねえな」

行ったところで助け合うような連中じゃない。どう考えても俺は捨て駒《ごま》として扱われてしまう。なら安全地帯は学校ではなく、その外にしかないということだ。

「カバンは……まあ別にいいか」

教科書しか入ってないし、こんな状況で授業なんてできるわけもない。

しばらくは休校になるだろうし、下手《へた》をすればそのまま廃校だ。

俺はそのまま周りを警戒しながら、近くにある裏門の方へと回る。

運良くモンスターとは遭遇せずに、俺はそのまま学校から出ることができたのであった。

街中でも、そこかしこから悲鳴を上げながら、建物から慌てて出てくる者たちがいる。

全部の建物というわけではないが、結構な頻度《ひんど》でそういう状況に出くわす。

中にはコンビニの中に、先ほど見たゴブリンのようなものが暴れ回っている姿を確認できた。しかし道路の上にモンスターが出てきている様子はない。どうやら建物の中限定で、モンスターが湧いているらしい。

それでもいつ道端にモンスターが現れるか分からないので、一応警戒しつつ自分の家へと向かっていく。

幸いちょうどバスが出る直前だったこともあり、それに乗り込んで後ろの席へ座る。

バスに乗ってきた俺の腫《は》れた顔を見てギョッとしている連中もいるが、いちいち気にしていられない。

バスに乗っている者たちは、まだ外で何が起きているか知らないのか静かなものだ。しかし徐々に外の不自然さに気づき始めていく。

突然建物の窓や壁が破壊されたり、そこから人間が落下してきたりするのだ。異常な事件が起きていることだけは理解できるだろう。

全員がスマホから情報を集めようとしているらしいが……。

「……電波が通じないのか?」

俺も同じようにスマホを使いSNSなどで情報を集めようとしたが、ネットに繋《つな》がらないのだ。

間違いなくモンスターが出現したことと関係がある。しかしだからといって、どうすれば電波が復活するかなんて分からず、結局スマホの大半のシステムが使用不能に陥《おちい》ってしまった。

バスが、俺の家の最寄りの停留所に停まったので、俺は定期を見せて降りる。

ここから数分も歩けば俺の家だが、ここら周辺からも悲鳴などが聞こえてきた。

もしかして日本中？　それとも世界中がこんな異常事態になってんのか？

だとしたら今後、世界はどうなっていくっていうのか……。

あんなバケモノに普通の人間が敵《かな》うわけがない。仮にドラゴンなんてもんが現れてみろ。自衛隊が出動してもどうしようもできないかもしれないぞ。

それこそ核兵器に頼らざるを得ない状況にでもなったら、たとえモンスターを一掃《いっそう》することができても日本はどうなることか……。

「……まるで人間を淘汰《とうた》するために起きたような大災害だな」

人間はこれまで、大地震や津波、嵐などの災害からも生き延びてきた。

だがモンスターの襲撃という災害はどうだろうか？

人間よりも圧倒的に凶悪で精強な存在による理不尽な暴力という、誰も予想だにしなかったはずの災害。

果たして人間は、この未曽有《みぞう》の危機に対抗し、無事に人間社会を守れるような術《すべ》があるのだろうか？

何だか、誰かにそう問われているような気がしてならない。

「くそ、こんなことは物語の中だけにしてくれよな……！」

ただでさえ俺の日常は酷《ひど》いものだというのに、これ以上貶《おとし》めて神様は一体何がしたいんだ。俺をどこまで苦しめれば気が済むのやら……。

そうこうしているうちに家へ辿《たど》り着き、中から何も音がしないのを確認してから鍵《かぎ》を開けて中へと入る。

「良かった。家ん中は平和そのものだな」

両親が遺《のこ》してくれた一軒家。できれば傷つけずにずっと守り通したい。

俺はまず、傷の手当てを優先した。どうやらまだ水道は生きているらしく、顔や身体《からだ》を洗うために風呂へと直行した。

まだガスも生きているようで、湯になってくれたのはありがたい。

しかし水道もガスも電気も、先程のスマホの電波みたいに止まりそうな気もする。今のうちにできることはしておこう。

風呂上がりにサッパリしてから絆創膏《ばんそうこう》や傷薬で治療していく。

「いちち……ったく、好き勝手殴《なぐ》りやがって」

体中が青痣《あおあざ》だらけだ。ただ元々骨太な体質もあって、骨折したこともないしヒビさえ入ったこともない。あれだけ殴られても丈夫な自分の身体には感謝している。

治療を終えてテレビをつけてみるが、どの番組も受信してくれない。

「これで情報網《もう》が断たれたか……」

ネットもテレビも使えないとなると、途端に人間は情報収集力がガタ落ちになる。

「……さて、これからどうしたもんか」

そのうち水道が止まるとしたら、飲み水の確保は大事だ。それに食料。

幸い昨日のうちに買い物に行ったばかりで、冷蔵庫の中身は豊富だが、いずれはこれも尽きてしまう。そうなればどこかで確保する必要がある。

だが売ってくれるか？

もしモンスターが跋扈《ばっこ》する世界が訪れたら、何よりも大事なライフラインの食料や飲み水を他の誰かに渡す奴がいるだろうか？

きっとこれから先、食糧問題などで街中はパニックになるはず。

それこそ強盗や窃盗《せっとう》など、已《や》むに已《や》まれぬ事情で増すことだろう。

そうしなければ自分たちが死んでしまうのだ。中には殺して奪い取るという選択をする奴らも出てくると思う。それは恐らく、そう遠くない未来の話。

法治国家のこの日本は……無法地帯へと早変わりする。

今のうちに買い溜めしておいた方が良いか？　近くにはスーパーもあるしな。

でもまずはＡＴＭで金を下ろして、それから何度かスーパーを往復して……。

「あくそ、面倒だな。……こういう時、瞬間移動とか飛行能力とか、そういう魔法やスキルがあったら良いのによ」

そう愚痴《ぐち》った直後、俺の目の前にパソコン画面のようなものが浮き上がった。

「え…………はあ？」

〝ユニークスキル：ショップが覚醒《かくせい》しました〟

突然のことに思わず呆気《あっけ》に取られてしまった。

「……！　えと……何だ？　ユニーク……スキル？」

やっぱりスキルってあったんだな。しかもユニークってことは、結構強力なヤツじゃねえのか？　ゲームとかなら、大抵唯一無二《ゆいいつむに》で強力な能力だから期待が持てそうだが……。

「でも何で覚醒？　こういう時は取得しましたとかじゃねえのか？」

覚醒という言葉に少し違和感を覚えた。その言葉は、元々俺の中に備わっていた力ということを意味する。

それが何らかのきっかけで目覚めたってことなんだろうか……？　だとしたら、スキルっていう言葉を口にしたから……か？

「……まあいいか。えっと……確か《ショップ》……だったか？」

そう口にすると、またも違う画面が開く。

「……なんだかネットショッピングのホームページみたいな映像だなこれ」

そこには様々なジャンルが左端に書かれていて、上部には大きく〝ＳＨＯＰ〟と記載され、その右端には検索ワードを打ち込めるのか、そういう枠《わく》が備わっている。

他にも注文履歴《りれき》やカートの表示、よく分からないが《ショップポイント》なるものもあって、現在３０００ポイントが貯まっているらしい。このポイントを使えば買い物ができるようだ。恐らくは無一文《むいちもん》に対するサービスなのだろう。

またその下には《現金》という枠も存在して、今は０になっていた。金とポイント、どちらでも買い物ができるらしい。

そのまま画面を指でスクロールしていき、一番下の欄《らん》には、《ボックス》という文字が刻まれている。

最後に、一番目の惹《ひ》く中央画面には、誰がお薦《すす》めしているのか分からんが、お薦め商品と銘《めい》打《う》ったいろいろなものが写真付きで記載されているので分かりやすい。

ただお薦めとは書いているが、どれも馴染《なじ》みのないものばかりだ。

例を挙げると、《パワーポーションＣ》や《ヒールポーションＣ》などがあって、セール中と表示されている。

指で《パワーポーションＣ》をタッチしてみると、商品に対応した画面が開き、商品説明を見たり購入するための手続きを行えたりできるようだ。

この《パワーポーションC》、飲めば一時的に〝力を向上させる〟効果があるらしい。

単純に物理的な力が二倍にも跳ね上がるという、普通だったら確実に信用できないイカサマ商品である。

しかしこれはスキルの効果だ。実際に試してみないと、絶対効果がないとは言い切れない。

こんな感じで、地球にはありえないような商品が、いろいろ購入することができるらしい。加えて元々地球にある物だって購入可能みたいだ。

「つまり金さえ……あれ？　購入するのって金が必要なのか？」

俺はとりあえず、《ヒールポーションC》というのを〝カートに入れる〟をタッチして、その先の購入画面へと進んでみた。

そこではカートに入れた商品を確認することができ、次に〝レジに進む〟をタッチする。

次に支払い方法という画面が現れ、《ショップポイント》で購入するか、現金引き換えで購入するかを選べるようだ。

俺はとりあえず、せっかく3000ポイントもサービスされているので、《ショップポイント》で購入してみた。

すると最後の確認として、商品の説明と値段などが記載され、その横には〝購入する〟という文字がある。

「へぇ、《ヒールポーションC》って150ポイントだけでいいんだな。……あ、そういやセールだったっけ」

本来ならその倍の300ポイントを消費するようだ。

俺は少し恐る恐るといった感じで〝購入する〟をタッチした。

すると――。

〝《ヒールポーションC》を購入しました。《ボックス》に送ります〟

「《ボックス》？　ああ、そういや画面の下にそんなのがあったっけ？」

俺は指で画面をスクロールしていき、一番下に書かれた《ボックス》をタッチする。

直後、またもや別画面が開き、そこには《ボックス》と称し、購入した《ヒールポーションC》が確かに入っていた。

しかもまた新たな発見がそこにはあったのである。

《ヒールポーションC》をタッチすると、〝取り出す〟〝捨てる〟〝売却〟というそれぞれの文字が浮かび上がったのだ。

どうやら《ボックス》の中にある物は、この〝SHOP〟で売却することも可能らしい。そうすることで現金に換えてもらえるのだ。

一度〝取り出す〟をタッチしてみると、どこからともなく、目の前の床の上に《ヒールポーションC》が、立体映像を映し出すように出現した。

持ってみるとちゃんと触れることができたし、重みもひんやりとした感触もある。

また《ボックス》には〝収納〟の機能もあるらしく、これは触れている物を《ボックス》へと収納することができるらしい。

一応何度か出し入れを試してみて、《ヒールポーションC》だけじゃなく、スマホや本なども収納できたことに驚く。

《ショップ》もそうだが、この《ボックス》も双璧《そうへき》を為すほど使い勝手が良い。

現金も《ボックス》に収納すると、ホームページに残金として記載されるようなので、さっそく所持金を一万円だけ残して収納しておいた。

すると現金に収納した分の金額が表示されたのだが、その右側に（通帳で入金可能）という文字が現れた。

「……どういうことだ？　通帳で入金？」

試しに持っている預金通帳を収納してみると、〝売却〟と〝入金〟という文字が現れた。

「お、入金？」

俺は〝入金〟を試してみると、驚くことに通帳に記載されている残金分が加算されたのである。

「おお、これはマジ便利だ！」

親が俺のために遺してくれた金だ。大切に使わせてもらおう。

ちなみに残金から、通帳へ〝入金〟することもできるらしい。

「なるほどな。段々とこのスキルの要領が摑《つか》めてきた」

ただ惜しむらくは、物語の主人公のようにカッコ良いスキルじゃなかったことだ。

例えば《即死魔術》とか《透明化》などといった強力無比なスキルだったら、こんな世の中でもカッコ良く立ち回れたかもしれない。

しかし別に悲観はしていない。この《ショップ》。確かに攻撃力や防御力には直結しないものの、使いようによっては最強のスキルになる。

まず大きいのは、わざわざ食料や日用品などの生活必需品を求めて彷徨《さまよ》う必要がないこと。金さえあれば、ここから食料なんていつでも購入できるのだから。

「あとは確かめてみるだけ……だ」

俺は購入した《ヒールポーションC》を——飲んでみた。何故俺がこれを試してみようかと思ったのか、それはコイツの効果が、より実感しやすいと思ったからだ。

「んぐんぐんぐ……っぷはぁ、意外に美味《うま》かったな。まるでスポーツドリンクだ」

飲み干したその時、身体《からだ》全体が陽だまりに包まれているような感覚を得る。

そして手当てはしたものの、ズキズキと痛んでいた傷の痛みが、徐々に消えていく。

「痛みが……消えた?」

俺は絆創膏《ばんそうこう》や包帯などを取って確かめてみてギョッとする。

そこにあった傷が綺麗《きれい》サッパリ消失していたのだ。

「す、すげえ……マジもんじゃねえか……!?」

説明文通りならば、飲むだけで体力回復や傷の治癒《ちゆ》などが望めるらしい。実際にどんなものなのか疑心暗鬼だったが、これは医学会に出したらドエライことになること間違いない効果を持っていた。

次に俺は《パワーポーションC》とやらも、ポイントを使って購入し試してみた。飲んでみると、こちらは身体の奥から熱が込み上げてくる感覚が走る。説明によれば、これで一時的に身体能力が上がっているはずだが……。

俺はキッチンに行ってフライパンを手に持つ。頑丈が売りのヤツだ。普段の俺なら、当然力を入れても曲げたりすることはできない。

「さあ……どうなるか。せーのぉっ！　うぎぎぎぎぎぎぃぃぃっ！」

驚くことに、グニャリグニャリとフライパンが簡単に丸まっていく。僅《わず》か数秒後には、もう使い物にならなくなっていた。

「ふぅ……マジかこれ」

半信半疑の部分もあったが、これはもう疑いようがない。

試しに腕立て伏せもしてみたが、確かに自分の身体じゃないって思えるくらいに軽く、なかなかの速度でこなすことができた。

そして十分が過ぎると、まるで重力が増したかのような重さを身体に感じ、フライパンを戻そうにも、今の力ではそれは叶わなかった。

「どうやらマジでゲーム効果みたいなもんがあるらしいな」

しかも今ので《パワーポーションC》だ。さらに上級のB、A、Sなんかもあるが、服用すれば凄《すさ》まじいことになりそうだ。

こんな感じの、RPGにしか存在していないであろう商品が山ほどある。

そして間違いなく本物だということを実感することができた。

魔法や《ショップ》スキル以外のスキルなどを売っていたら一番良かったが、さすがにそう都合良くはいかないらしい。それでもこのスキルを駆使すれば、モンスター渦巻《うずま》くこの世界でも十分に生き抜いていくことは可能である。

「はは……こいつは良いや」

まさかこんないじめられっ子の俺に、こんな能力が備わるなんて誰も思わないだろう。

「んじゃまずはさっそく、自衛手段を構築しなきゃな」

せっかくのスキルだが、もし今、モンスターに襲われたら対抗手段がない。

そういう状況が起きても大丈夫なように準備しておく必要がある。

俺は《ショップ》を使い、武器のカテゴリーを開いてみた。

武器だけで十万件を軽く超えてるってすげえなぁ。

つか一体誰がこの〝ＳＨＯＰ〟を管理してるんだろうか。……まあ考えても仕方ないし、そこは恩恵だと思って、ありがたく使わせてもらおう。

「おお、銃もあるんだな。……やっぱ買っておくか？」

だが使いこなすには時間がかかりそうだ。

今はもっと扱いやすいものの方が良いかもしれない。

「……ん？　《フレイムナイフ》？　……切った対象を燃やすことが可能、か。はは、出たよファンタジーな武器」

しかも値段はそう高くない。というより普通のネットショッピングの定価より全体的に大分安い。これは助かる。

「手軽に扱うとしたらやっぱナイフ系だよな。ファンタジー系の武器の方が攻撃力があることを考えると優先したいが……」

その中で俺の目を惹《ひ》いたナイフがあった。

「――《キラーナイフ》か。５％の確率で、相手を即死させる、ね」

これだったら普通のナイフとしても扱えるし、戦闘でも立派に活躍してくれそうだ。

ただし高ランクのモンスターには、即死耐性が備わっている場合が多く効かないらしいが。

そもそもそんな強いモンスターが現れたら逃げの一択なので別に考えなくて良い。

「じゃあ《キラーナイフ》は買いで、あとは……」

俺は他にも、切った部分から腐食させることができる《アシッドナイフ》を購入した。

ポイントではなく、現金を消費して購入するつもりだ。

現在の残金は――約一千四百六十万円。

ただの高校生には過ぎた額だが、両親ともが生命保険に加入していたことから、かなりの金額が俺に入ってきたのである。

傍にいないのは悲しいが、せめてありがたく使わせてもらおう。

俺は二本のナイフをカートに入れてから、次は防御方面へと移った。

「やっぱナイフ同様に、エンチャントされたような服とか装飾品が売ってるなぁ」

身に着けるだけで力を増す指輪や、常に清潔さを保つ服など様々だ。

その中でも俺は、いつも着替えなければならない服よりは、靴《くつ》や装飾品の方へ興味が湧いた。

「これいいな……《アクセルシューズ》。走る速度が上がるのは買いだ」

逃げに徹する時は大いに役立ってくれるだろうから。

「あとはかなり高額だが、これは欲しいな――《パーフェクトリング》」

この《パーフェクトリング》は、三百万円もする高額商品だが、身に着けているだけで身体能力が激増するらしい。

それこそ《パワーポーションB》クラスを、ずっと飲み続けているような向上率だ。

オマケにこのリング、物理的な力だけでなく防御力なども増強されるので、生存率を考えるとかなり良い。

これさえあれば、不意にゴブリンの一撃を受けても、ほぼダメージはゼロだそうだ。

「よし、これで大分安心できるようになったな。他にも食料や《ポーション》シリーズを幾つか買い溜めしておくか」

そうしていろいろ選別してカートへと入れて、いざ精算へと移る。

「うわぁ、全部で五百万近く使ったし。こんな高額な買い物……あの世で親父《おやじ》に叱《しか》られそうだな」

残金——約一千万円。

まあそれでも、今の自分にとって必要だと思ったものを購入したので後悔《こうかい》はない。

それにもし金が底を尽きかけた時の対応策も、ちゃんと考えているので問題はない。

それと現金で購入した場合、《ショップポイント》が購入金額に応じて加算されるようだ。

どうやら百円で1ポイントもらえる。これはありがたいことだ。

俺はさっそく《パーフェクトリング》を装着する。

すると《パワーポーションC》を飲んだ時以上に、自分の身体が軽く感じられ、力も増している気がした。五感も鋭くなっていて、まるで生まれ変わったかのような爽快《そうかい》な気分だ。

ナイフ系は、ここで出すと危なそうなので止めておく。《アクセルシューズ》も外に出る時までは《ボックス》に収納しておいた方が良いだろう。

俺は一息吐き、気が付けばもう日も暮れて夜になっていたので、冷蔵庫から食材を取り出して調理し、冷やし中華を作って食べた。

ただその際に、力の加減を間違って野菜を握り潰したりまな板に包丁を深々と刺してしまったりしたので、この加減は早く覚えなければならないと痛感したのである。


——翌日。

シャワーを浴びようと風呂に入ったが、水道は生きているがガスが通っていないことに気づく。そしてついでに電気もである。

どうやらライフラインが徐々に削《けず》られていっているようだ。

俺はその気になれば《湯》でさえ購入できるから問題ないし、温かい飯だって同様だ。

しかし今後、俺以外の者たちにとっては苦しい生活が強《し》いられることだろう。

「ていうかよく考えたら、スキルはあるのにレベルとかはないんだよな。それってゲームみたいに簡単に強くなれねえってことか」

物語なら、ステータスがあって、モンスターを倒して経験値を溜めてレベルアップする。そうすることでパラメーターが上昇し、強いモンスターとも戦えるようになっていく。

しかし存在するのはスキルだけ。いや、俺だけなのかもしれないが。

他の連中にはちゃんとステータスというシステムが備わっている可能性だってある。

まあそれはいずれ分かってくるだろう。ただもしスキルだけしか存在しないというのなら、余程上手《うま》く使いこなせなければ生き抜くことはできないと思う。

「……ま、他人のことを心配してもしょうがねえけどな」

俺はもう他人には何も期待しないし、率先《そっせん》して関わろうとも思わない。

もう俺は、このスキルさえあればどこでだって生きていけるから。

「とりあえず今日はどうするか。一度モンスターと接触して討伐《とうばつ》の経験もしておきたいが」

無論弱いモンスター相手にだ。

経験を積んでおいた方が、今後のためにもなるしな。

それに確かめたいこともある。

「……少し外に出て様子を見るか」

現在午前十時。普段なら学校にいる時間帯だ。あれからどうなったのか知らないが、今の俺にとってはどうだっていい。

俺は《ボックス》から《アクセルシューズ》を出して履《は》く。靴自体の色はグレーで靴紐などもない、シンプルなデザインだが、履くだけで必ずフィットする作りになっているらしい。

ナイフは、ホルダー付きのベルトを購入したので、そこに二本のナイフを左右に携帯する。右が《キラーナイフ》、左が《アシッドナイフ》だ。

これで準備は整った。いつも外に出る時に被《かぶ》るお気に入りの赤い帽子を装着して、そのまま玄関を出た。

身体《からだ》が軽い。確かに今なら普段よりも格段に速いスピードで駆けることができる。

不思議なほど外はシーンと静まり返っていた。いつもならどこかしらで主婦たちの井戸端《いどばた》会議が発生しているが、人の声が聞こえてこない。

少し歩いていると、不意に鼻をつくような血のニオイが漂ってきた。

そのニオイは、どうやら目先にある一軒家に続いているようだ。

確かめるために家に近づき、塀《へい》に手をかけて頭を出して思わずギョッとしてしまった。

そこは庭になっているのだが、あまりにも凄惨《せいさん》な現場が広がっていたのだ。

一人の男性が首を切られて倒れており、その傍には犬らしき残骸《ざんがい》も横たわっている。

庭が真っ赤に染め上がり、そしてそれを成したであろう正体も判明した。

縁側からのっそりと顔を見せたのは、学校で見たようなゴブリンらしきモンスター。その手にはビッシリと血液で真っ赤に染まったダガーが握られている。

俺はポケットからある物を取り出す。

それは一つの単眼鏡。もちろん普通に望遠鏡としても使えるが、これは普通のアイテムではない。

単眼鏡で捉えた対象物を鑑定することができる《鑑定鏡》というファンタジーアイテムなの

だ。

レンズを通して見るモンスターの名前などを知ることが可能らしく、情報収集のために購入しておいた。さっそくこれを試し、ゴブリンを確認してみる。

名前はゴブリン。ランクＦ。弱点は火・毒。

などといった特性などを知ることができた。外に出て確かめたかったことの一つがこれだ。

やっぱゴブリンだったんだな。けどランクは一番下か。

〝ＳＨＯＰ〟にはモンスターも商品として登録されていて、それで最低限の情報を得ることもできるのだが、どうやらモンスターにはランクが設定されているのだ。

上からＳ、Ａ、Ｂ、Ｃ、Ｄ、Ｅ、Ｆとあり、ゴブリンは最下級だということが分かる。

それでも一般人はああやって殺されてしまうくらいの強さなのだ。倒すことだってできただろうが、それには相応の準備だって必要になる。

しかも……だ。

縁側にさらにもう一体が現れて、ゴブリン同士で会話のようなものをしている。

こうして複数出現すると、とてもではないが、突然に対応することなんてできないだろう。

でも……なるほどな。

俺は《鑑定鏡》を通して、今度は家自体を観察していた。

【下級ダンジョン　モンスター数：４　コア：１】

ゴブリン
RANK
F
E

……ダンジョン、ね。

その言葉から、この家がゲームに出てくるようなダンジョンへと変貌《へんぼう》したことが分かった。

ということは、【王坂《おうさか》高等学校】に突然モンスターが出現したのも、間違いなくダンジョンと化してしまったせいなのだろう。

「……ダンジョン化、ってことか」

恐らく、この家単体がダンジョン化したということ。他の家にはゴブリンがいないのに、ここだけという状況から推察する。

つまりモンスターが出現するには、一定の領域内のダンジョン化が必要になる。

ならモンスターをすべて倒したらダンジョン化が解ける……のか?

一体のゴブリンは部屋の奥へと戻り、もう一体は庭に降りて人間の死肉を食らい始めた。

うっ……見ていて気分の良いもんじゃねえな。

「……よし、試してみるか」

俺は小石を拾って、食事中のゴブリンに向かって投げつけた。

コツンと頭に当たったことで、ゴブリンがこちらを振り向いた。

手だけを出してチョイチョイと手招きをして、その場で少し待ってみる。

すると玄関口の方へと歩き出す足音が聞こえたので、手を引っ込めて脇道へと入って身を潜めた。

しばらくして、ゴブリンが敷地内から顔を覗《のぞ》かせる。道路の方へとキョロキョロしているが出てこない。

……敷地内からは出られないのか？

もしそうなら、ダンジョンの外に出れば安全ということになるが……。

俺はまた小石を拾い、ゴブリンに向かって投げつけた。

小石に当たったゴブリンは、当然俺の存在に気付きこちらに敵意を向けてくる。

だがやはり敷地内から出られないようで、その手に持っているダガーを振り回しながら、ギャーギャーとけたたましく吠えているだけ。

「……なるほどな。どうやらダンジョン外はセーフティエリアみたいな感じか」

今もなお喚《わめ》き散らしているが、声に導かれて他のモンスターを寄せ付けてきたら面倒なので、俺は再度石を拾い、今度はダメージを与えるつもりで勢いよく投げつけた。

防御するという考えはないのか、ゴブリンは石を防ぐ素振りを見せずに、そのまま頭部に受けてしまう。

怯《ひる》んだ隙《すき》に奴へと接近したが、俺に気づいたゴブリンが、すぐに遮二無二《しゃにむに》といった感じではあるが、ダガーを俺に向けて振り下ろしてきた。

俺は恐れずに、そのダガーを《キラーナイフ》で受ける。

「ギッ!?　ギギギギィッ！」

ゴブリンが必死な形相《ぎょうそう》で、ダガーに力を入れて押し潰そうとしてくるが……。

……あれ？　こんなもんなのか？

まるで小さな子供を相手にしているみたいに弱い。

恐らくこれが《パーフェクトリング》の恩恵なのだろう。

これなら十分にいけるっ！

俺は力任せにダガーを弾き飛ばし、ゴブリンの小さな頭に蹴《け》りをくれてやった。

ゴブリンはよだれを撒《ま》き散らしながら地面に倒れ込む。

そんなゴブリンに、俺はすかさず肉薄してナイフを振り被る。

「……終わりだ」

ナイフを一閃《いっせん》し、ゴブリンの首を切り裂いてやった。

あっさりと首と胴体が離れ離れになり、切断部分から青色の血液が噴出する。

返り血を浴びてしまうが、酸性で服が解けたり皮膚《ひふ》が火傷《やけど》を負ったりすることはない。

「……ふぅ～。……殺せたな」

同情の余地はないし、殺す必要もあったから後悔《こうかい》などはしていない。

あるとするなら「やってしまった感」であろうか。

これでも恐らく続けていけば慣れてくるのだろうが、やはり良い気分ではない。

俺はしばらく動かなくなったゴブリンを見ていると、そのまま光の粒子となって消失したのである。

「なるほど。討伐《とうばつ》したら消えるってことか」

俺は《ボックス》を開いて、あることを確かめてみる。

「……やっぱりあったか」

そこには《ゴブリンの牙》、《刃毀《はこぼ》れのダガー》がそれぞれ収納されていた。

実は〝ＳＨＯＰ〟にもモンスターの素材というカテゴリーがあったのだ。そこには《ゴブリンの牙》というものもあった。

そしてあるということは、どこかで入手することができるということである。

ならば討伐すれば、こうして手にすることができるのではと踏んで確かめたのだ。

特に必要もないのですぐに売却しておく。

「でも身体も問題なく動けたな。アレを読んでおいて正解だ」

いくら身体能力が上がったとしても、体捌《さば》きやナイフの扱い方などの戦闘技術はド素人《しろうと》だ。

それにもかかわらず、こうして速やかに動けたことにも理由がある。

それは《バトルブック（戦闘技術・基礎編）》というファンタジーアイテムのお蔭《かげ》。

この本に書かれた内容を読むだけで、知識が実戦経験となって記憶に根付くのだ。故に基礎的な戦闘技術も身体が覚えているという状態になってくれる。

だから身体も動くし、ナイフ捌きだって基本的なことは可能だ。

もちろん《応用編》や《達人編》などもあるが、ハッキリ言って高いし、もっと余裕が出てから購入しようと思っている。

何せ読むだけで経験値になるのだから。確かにそういうアイテムは、ゲームとかにもあって、にしても《バトルブック》って、真面目《まじめ》に修業とかしてる人にとっちゃ反則だよなぁ。

何の疑問もなく主人公とかに使ってレベルを上げてたけど、よく考えてみればズルイと言われても仕方ない行為だと思う。

「これでいろいろ確かめられたな。あとは……ダンジョンについて、か」

ダンジョンになっているとはいえ、中がどのような状況になっているのかは不明だ。

それを確かめておきたい。

俺は再び惨劇《さんげき》の家へと戻り、今度は玄関から庭へと移っていく。できるだけ遺体は見ないように。

すると縁側に通じる居間に、先ほど見た奴か、ゴブリンが一体いた。

隠れて周りを見回しても、どうやら奴しかいない。

「……おい」

「ギギ？　ギィィィイッ！」

声をかけて俺に気づくと、すぐに馬鹿正直に突っ込んでくる。どうも知能は低いようだ。

同じようにダガーを受け止め、そこから受け流して相手の体勢を崩す。

よろめいたゴブリンの背中へと回り、背後から胸に向けてナイフを突き刺した。

「グギィイイイイッ!?」

苦しそうな断末魔《だんまつま》の叫びを上げながら、そのまま前のめりに倒れていき消失した。

――これで二体。

かなり弱いゴブリンがいるので、そうランクの高いモンスターがいるとは思えない。多分。

「鑑定でも下級ダンジョンって表示されてたしな」

まあ、あくまでもRPGらしいお決まりならば、ではあるが。

俺はそのまま居間へと上がり周囲を確認する。

どうやら内装は普通の家のままだ。ダンジョン化したからといって、物々しく変貌しているような場所は見当たらない。

警戒しつつ、いろいろ家の中を見て回っていく。

「……ん？　あっちから音がしたな」

音に導かれて向かってみると、そこはキッチンであり、シンクのところには、ゼリー状の物体がウネウネと動き回っていた。

すぐに《鑑定鏡》で確認し、対象がスライムだということが判明。

やっぱいるんだな……スライム。

ランクもゴブリンと同じで、弱点は身体の中央にある赤い核らしい。

今度は俺が真っ直ぐ突っ込んでいって、そのまま油断しているスライムの核をナイフで突き刺した。

スライムはそのまま溶けるようにシンクに流れていき消失する。

「これで三体。残りは確か一体だな」

鑑定結果にはモンスターの数が〝4〟と出ていたからだ。

一階にはもう音がしない。あとは二階……か。

と思った矢先、二階から足音のような物音が聞こえたので間違いないだろう。それとも今のはまだ生き残っている住人のものか……。

できるだけ足音を立てずにゆっくりと階段を上っていく。

上り切ると、三つの部屋があることが分かった。

廊下《ろうか》には誰もいない。どうやらどこかの部屋内に何者かがいるようだ。

だが次の瞬間、ギシギシッと、階段下の廊下を歩く足音が聞こえた。

確認してみると、そこにはゴブリンが一体彷徨《さまよ》っていたのである。

……嘘だろ？　さっきまで誰の気配もなかったぞ？

少なくとも一階はくまなく確認したはずだ。どういうことだ……？　じゃあ二階にいるのはモンスターじゃない？

なら必然的に人間…………いや、ここはダンジョンだ。放置していれば、またモンスターがリスポーンする可能性だってある。

つまりこのままの状態を維持すれば、倒した分だけまた生まれてくるというわけだ。ということは、のんびりと探索するのはリスクが高い。

とりあえず良い情報はゲットできたな。あとは……。

どうやってこのダンジョンを攻略するのか、だが。いや、果たして攻略することなんてできるのかどうか……。

俺は先に音のしない部屋を調べていく。するとそこは子供部屋で——室内の状況に、思わず俺は叫び声を上げそうになるのを、口元を手で押さえて我慢した。

何故なら部屋中は血に塗《まみ》れ、そこかしこに肉片が飛び散っているからだ。

その中には子供らしき小さな足と手が窺《うかが》えた。それに大人の女性らしい腕も……。

恐らくだが母親とその子供なのだろう。ゴブリンに殺され、身体のほとんどを食われたということだ。

惨《むご》いな……。

だが間違いなく、ダンジョン化してしまった建物内で起きている出来事だ。

そう、俺が通っていた高校でも。

惨殺《ざんさつ》現場以外他に何もないようなので、そっと扉を閉じた。

もう一つの扉も、さっきみたいな光景があるかと覚悟をして開けてみる。

すると――カチッ。

何かスイッチを押したような音がしたと思ったら、突き当たりの壁に小さな穴が開いて、そこから矢が飛んできた。

「おわっ!?」

思わず声を出してしまったが、素早く身を屈めることができて矢は回避できた。

――しまった!?

声を出したせいで、もう一つの扉を開けてこちらへ出てくるかもしれない。

俺は咄嗟《とっさ》に部屋の中に入って扉を閉め息を潜める。

…………どうやら誰も近づいてこないようだ。

「…………ふぅぅぅぅ～」

危なかった。それにしても今の矢は……罠《わな》だな。

ここの住人が自分の家にこんな危ないトラップを仕掛けるとも思えない。

十中八九、ダンジョン化したせいだろう。

「にしても罠まで設置されてるのか。内装はほとんど変わってねえから油断してた。……今後は気をつけねえとな」

この部屋は書斎のようになっていて、他には何も特筆するようなものは見当たらない。

さてさて、あとは残りの部屋一つだけだが……。

俺は耳を澄ませながら扉から出て、残りの扉の方へと近づいていく。

扉に耳をピタリとつけて、中の様子を窺う。

微《かす》かに足音が聞こえる。人間でいうと一人分だ。

なら、と覚悟を決めて、勢いよく扉を開いて、大きく後ろへ距離を取る。

すると部屋内にいた存在が、当然のようにこちらに意識を向けた。

やっぱゴブリン――でも青い⁉

今までのは全身が緑色のゴブリンだった。しかしここにいたのは、見た目はそっくりでも肌の色が違っている。

もしかしてボスモンスターって奴か⁉

「ギギギィッ！」

青いゴブリンは手斧《ておの》を右手に握っており、俺に殺意をぶつけながら駆け寄ってくる。

俺は真っ直ぐに突っ込んでくる奴のタイミングを図って、動線上にある扉を開いた。

突如目の前に開いた扉に勢いよく衝突した青いゴブリンは、ゴロリと後ろに転倒してしまう。

今のうちだと、俺は奴に馬乗りになって右手に持っていたナイフを振り被《かぶ》る。

虚を衝《つ》かれた青いゴブリンも対処し切れず、ただギョッとしたまま固まっていた。

――ズシュウッ！

額をぶっ刺された青いゴブリンは、悲鳴を上げる間もなく、ビクンビクンッと痙攣《けいれん》をし始め、次第に動きを停止させていく。

そして数秒後、額から大量の血を流す青いゴブリンは、光の粒となって消えた。

「……はぁぁぁ～。何とか討伐《とうばつ》成功か……」

だがそこへ、下から何かが駆け上がってくる音がする。

おいおい、ボスっぽい奴を倒してもクリアじゃねえのかよ！

俺はすぐさま立ち上がって、その先にある青いゴブリンがいた部屋へと突っ込み、誰も入って来られないように扉を閉めた。

「ったく、ビビるっつーのに。……ふぅ。さて、ここは……ん？」

部屋内を見回すと、奇妙なものを発見した。

壁に埋め込まれたクリスタルだ。キラキラと美しい輝きを放っている。

装飾品なのかとも思ったが、ここは客間として使っているのか殺風景なのにもかかわらず、そのクリスタルだけが異質な存在だった。

言うなれば部屋の雰囲気《ふんいき》と全然合っていないのである。

「そういや《鑑定鏡》に【コア：1】って表示されてたよな。あれはダンジョンコアってことか？」

お決まりのゲーム知識だ。

ダンジョンコアというのは、ダンジョンを構成する要《かなめ》として設定されている。簡単にいうとダンジョンの命ともいうべきものだ。

俺は顔ほどの大きさがあるクリスタルに近づいて、ナイフで軽く突いてみた。

コツンコツンと触っても反応はない。

「……壊してみるか」

そう思った直後、ドドンッと扉を叩く音がしてビクッとする。

扉の向こうからは、ゴブリンらしき声とともに、激しい衝撃音が扉の方から聞こえてきた。

俺は奴が扉を壊す前に、クリスタルに向けて《アシッドナイフ》で軽く傷をつけてみる。

すると傷つけた部位から腐食が広がり、そして――パリィィィインッ！

瞬間に霧散《むさん》して消失した。

それと同時に、先程まですぐそこにいたはずのゴブリンの気配まで消えていたのである。

俺は恐る恐る扉に近づいて確かめたが、やはりゴブリンの姿はいなかった。

「もしかして今のでクリアって……ことか？」

何かそれを示すものがあるかと《ボックス》を見てみると、そこには《コアの欠片《かけら》》という見たことがない代物《しろもの》が入っていた。

調べてみると、どうやらダンジョンコアの欠片ということらしい。攻略すると手に入るようだ。

「やっぱさっきのがコアだったのか。つまり攻略するには、コアを破壊する必要があるってことだな」

そうすればモンスターも自動的に消えるというシステム。

俺はそれでも一応警戒しつつ一階へと降りる。

「……けど死体はさすがに元には戻らねえよな」

庭には遺体が横たわっている。

本当ならちゃんと供養《くよう》するべきなのだろうが、いつまでもここにいるわけにもいかないので、俺は軽く合掌《がっしょう》したあとに、家からそそくさと離脱した。


思った以上に外に出た成果はあった。

特にダンジョンに関して、いろいろなことを経験できたのは大きい。

まあ、余計なトラウマも抱えそうな現場ではあったが、それでもこれからあんな光景なんて珍しくもなくなるだろう。

ちなみに手に入れた《コアの欠片》は、結構な値段で売却できるらしいが、何か珍しいものっぽいので、最悪の状況（金欠）になるまで置いておこうと思う。

「ずいぶん早めにやりたいことが終わってしまったな……」

家に帰っても特にすることもないので、とりあえず街を見て回ることにした。

大通りに出ると、さすがにまだ車が多く走っている。すでにモンスターの存在を知っている者たちもいるだろうが、車の中なら安全だと思っているのかもしれない。車の中というか、外にいれば安全なので、その選択肢《し》も間違いではない。

それに、仮に外にゴブリンが出てきても、ゴブリンくらいなら車で轢《ひ》き殺すという手もあるしな。

ただ学校で見たような巨大なバケモノに関しては、間違いなく戦車クラスの兵器が必要になると思うが。

……学校か。

そういやあれからどうなったのだろうか。少し気にはなるものの、何となく地獄絵図が広がっていることだけは予想することができる。

時間潰しがてら、少し様子でも見に行ってみよう。

俺はまだ走っているバスに乗り込み、学校へと向かう。

しかしバス利用者は俺しかいないようだ。

ならばと思い、運転手に近づいて少し気になることを聞いてみる。

「すみません。ずいぶんと閑散《かんさん》としてますね。朝からこんな感じっすか？」

「え？　ああ、ほら……何だか街中にバケモノが現れたって話でしょう？　そのせいでお客さんもあまり外出しないようにしてるんじゃないかな？　あ、ほらまたパトカーと消防車が走ってる」

確かに何台ものパトカーや消防車を、ここに来る前にも何回か確認した。

それに引っ切りなしにサイレンの音も響いている。

「一体どうなってんのかねぇ。俺、この仕事続けられるよな?」

「……大変っすね」

「本当だよ。ああ、もし廃業とかになったらどうしよう……」

残念ながら近いうちにそうなる可能性は非常に高いだろう。

確かにダンジョンからモンスターは外に出られないことが判明したが、本当に安全だと断定するのは危険だ。

今はそうでも、いずれはダンジョン外へ出るモンスターも出てくるやもしれない。

そうなれば道路だって安全な場所じゃなくなってしまうし、バスの利用者だけじゃなく、外出する者が少なくなってくるだろう。

ただ今は、まだ外は安全だ。

とはいっても、道路の渋滞率は増しているようだが。この街から逃げ出そうとしている連中で溢《あふ》れ返っているのかもしれない。

このダンジョン化現象が、本当にこの街だけなら助かるんだろうけどな。

勘ではあるが、これは日本……いや、世界中に広がっている大災害だと思う。

俺は学校の近くの停留所で降りると、学校へとそのまま向かっていく。

だがそこはすでに戦場と化していて、学校の周りには多くのパトカーや救急車が停まっていて、一般人が立ち入りできないようになっていた。

「やっぱこうなってたか……」

するとゴブリンたちが走ってきて、正門で身構えている警察官たちへと迫っていく。

――バンッ、バンッ、バンッ！

痛烈な音が響き渡り、硝煙《しょうえん》のニオイが周囲に漂う。

そしてゴブリンたちは、頭や身体《からだ》から血を流して倒れると、そのまま消失した。

さすがに銃弾の威力だ。モンスターにもちゃんと効くらしい。

銃撃の音や爆発の音は、学校内からも響き渡っている。

ただ同時にモンスターの遠吠えのようなものも聞こえてきた。

どうやら中に入った機動隊たちによって、救出作戦が行われているらしい。

結構な規模の学校だし、あれからまだ一日しか経っていないので、逃げ遅れた生徒も大勢いることだろう。

恐らくは建物に立てこもってモンスターたちの襲撃に備えているはず。

「あーあ、大変だなこりゃ」

母校が地獄へと変わっても、何ら揺らぐ感情はない。まさに他人事《ひとごと》だ。

ぶっ壊れろとも、全員助かればいいとも思わない。

ただただ、どうでも良かった。ここに来たのも興味本位だけだ。

クラスメイトだって何人か殺されたかもしれないし、まだ助けを求めて生き残っているかもしれないが、心底どうでもいい。

まあ、俺をイジメていた主犯である王坂くらいは殺されていた方がスッキリはするが。

それが分かった時は、せいぜい〝ざまぁ〟とだけ言ってやろう。

また正門へと、ゴブリンが三体ほど駆け寄ってくるが、機動隊の銃撃によって討伐されていく。しかしこれも無駄な行為に繋《つな》がるであろう。何せコアを破壊しない限りは無限に生まれ続けるのだから。

「けどこの広い学校の中からコアを探し出すのも一苦労だよなぁ」

それにきっとコアの前には、凶暴で格の違うモンスターが待ち構えている。あの時の青いゴブリンのように。

あれはやっぱりボスモンスターだろうし、他のモンスターよりも確実に強いはず。

つまりは、あの体育倉庫から出現した青色の肌をした巨大なバケモノよりも強いってことだ。

となれば機動隊の攻撃力じゃどうしようもないかもしれない。

それこそ自衛隊を投入する必要性がある。それこそ戦車や航空機などを使って大火力で仕留めるしか……。

ただダンジョン化しているのはココだけじゃないだろうし、どう考えても自衛隊の手が回るとは思えない。今もどこかしこに派遣されて活動しているかもしれないのだ。

「……ん？」

そこへ、機動隊に誘導されて大勢の生徒たちが正門へとやってきた。百人にも満たない数だ。

中には傷を負っている者、ボロボロで担架やおんぶで運ばれている生徒もいる。

傷が深い者を優先して救急車に乗せて病院へと運ばれていく。

俺は同じように遠目で野次馬になっている人に尋ねる。

「あの、すみません」

「ん？　何？」

「この救出作戦？　いつからやってます？」

「昨日の夕方くらいから、かな？」

「へぇ、もう結構な人数を救出できたんですか？」

「さあ、少なくとも俺が見たのは、今が初めてだよ。凄《すご》いよなぁ、まるで映画みたいだ」

つまり救出は結構難航しているということだ。無理もない。ダンジョン内にはモンスターの他、罠《わな》などもあるはずだし、普通のテロよりも救出は難しいだろう。

何せモンスターは人質を取っているというような考えなんてないはずだから、交渉なんて一切期待できない。見つかったら問答無用に殺しにくるので、それに対応しつつ生徒たちを無事確保しなければならないのは非常に困難に違いない。

「何かこう、モンスターたちを簡単に倒したりしてる生徒や教師の話って聞いてます？」

「あ？　何だそれ？　てかそんな奴っているの？」

どうやら物語のように、強いステータスやスキルを持っている人間はいないようだ。少なくてもまだ現れていない、か。

オタク連中がいたら、絶対にステータスオープンとか俺みたいに試してるはずだしな。なのにそういう連中の姿が発見されてねえのか。

でも俺だけがこんなスキルを持っているわけじゃないと思う。

だって人間の危機的状況に目覚めた力が〝ショップ〟スキルというのもどうだろうか。強力っちゃ強力だが、さすがに異質な感じがする。

それに俺は特別な存在でもない。一般的な家庭に生まれ育った人間だ。

前世が関係するとかいわれたらさすがにお手上げだけどな。

でもだからって、やっぱり俺だけがスキル持ちってことはないだろう。

「ねえお兄さん、スキルって言ってみてくれませんか？」

「は？　スキルがどうしたってんだ？」

「……いえ、こういう時、漫画の主人公みたいにスキルや魔法が使えたらカッコ良いなって思いまして」

「お、それいいな。けどまあ、そういうのは選ばれた奴らだけなんだろうなぁ」

「……すみません。どうやらその選ばれた奴らの一人が俺みたいですわ。

少なくても、目の前にいる男性にはスキルは備わっていないようだ。

これですべての人間にスキルが存在するという可能性はほぼなくなった。

今後、何かしらの条件をクリアして覚醒《かくせい》するということもあるかもしれないが、とりあえず今は限られた人間にしか発現しないものなのだろう。

俺は《鑑定鏡》を使って、救出された生徒たちに保護者らしき者たちが駆け寄っている姿を見る。

その中には幾人か、クラスメイトの顔もあった。

俺は冷ややかな視線を切り、そのまま《鑑定鏡》をポケットに入れると、その場を静かに立ち去った。

※

どうしてこんなことになったの……かな。

わたしは薄暗い理科実験室の中で、一人震えながら昨日を振り返っていた。

時刻は昼休みが終わったあと、授業が始まってすぐの時だ。

突然窓の外――グラウンドがある方角から悲鳴が聞こえてきた。

当然のようにわたしたちは、何が起きたのか確認するが、そこにあったのは理解しがたい光景だった。

まるでゲームやアニメに出てくるような異形《いぎょう》な存在が、生徒たちを次々と襲っていたのである。

最初は何かのイベント？　と思ったが、実際に生徒が殺されるのを見て、これは現実に起きている惨殺《ざんさつ》現場だということを理解した。

すると今度は廊下《ろうか》側からも叫び声がこだまする。

授業をしていた先生が、「自分が見てくるから教室に待機するように」と言い教室を出た。

だがその直後に、先生が突然血を流して倒れたのである。

見れば首があらぬ方向へ曲がっており、顔の半分が陥没していた。明らかに死んでいた。

もちろんその光景を見ていたわたしたちは愕然《がくぜん》とし、さらに先生を殺した犯人の姿を見て絶句する。

それは真っ黒い牛が擬人《ぎじん》化したかのような存在。手には血に塗《まみ》れたこん棒を持っていて、明らかに言葉の通じる相手ではないことが分かった。

そんな牛のバケモノが、こん棒を振り回し扉を破壊して教室の中へと入ってきたので、クラスメイトたちはそれはもうパニック状態だ。

必死にもう一つの出入り口から逃げようとするが、そこにも同じようなバケモノが立ち塞《ふさ》がった。

逃げ道は最早、窓の外くらいになるが、ここは三階で、おいそれと飛び出すわけにはいかない。

それに下を見れば、そこにも人間ではない者たちが闊歩《かっぽ》していた。押しても引いても地獄とはまさにこのことである。

するとそこへ、

「お、おい！　俺はこの学校の理事長の孫だ！　いいか？　金ならやるし、俺だけでも見逃してくれ」

いきなり何を……と思ったが、発言した人物を見て納得してしまった。

――王坂くん。

この学校で誰も逆らえない、逆らうことを許さない生徒である。

事実今まで逆らった人物は、退学に追い込まれ学校から消えていった。下級生でも上級生でも関係ない。彼の機嫌を損《そこ》なったら、この学校では生きていけないのだ。

まさに暴君そのものといえるだろう。

そんな彼だからこその発言に、誰もが特に驚きはなかったはず。

しかしバケモノたちは聞く耳を持たないのか、ジリジリと王坂くんとの距離を詰めていく。

すると何を思ったのか、王坂くんがいつも取り巻きとして侍《はべ》らせている石田《いしだ》くんを、自分の盾にしたのだ。

当然石田くんは怯《おび》えて腰が引けているが、

「いいか、俺を守れ。それがお前の役目だ。分かったな？　俺を裏切ったら殺すからな？」

と脅《おど》しをかけられて、下がるに下がれない状況になっていた。

だがバケモノたちは、彼らの関係など知りもしない。おもむろにこん棒を振り被《かぶ》り、王坂くんたちに向けて振り下ろした。

同時に王坂くんが石田くんの背中を押して、自分は一歩後ろへと距離を取る。

——グシャァァァァァッ！

一瞬、何が起こったのか理解できなかった。

周囲に飛び散る生温かい血と肉片。

そして頭部のない人型の塊《かたまり》が、バケモノの前でフラフラとしていた。

それが石田くんの変わり果てた姿だと認識できたのは数秒後。

全員が顔を真っ青にして叫び出す。だが王坂くんだけは違った。バケモノが石田くんを殺した隙《すき》を狙って、自分一人で教室から出て行ったのである。

彼のそんな姿を見て、クラスメイトたちも我先にと、バケモノの脇を通り抜けようとするが、バケモノもすぐにまた攻撃を開始し、次々と惨劇《さんげき》が繰り広げられていく。

に、逃げなきゃ……！

そういうわたしも、こんなところで死にたくないのは一緒だ。

でも足が竦《すく》んで動けそうもない。机や椅子《いす》がこん棒で吹き飛び、同時に人間がいとも簡単に玩具《おもちゃ》のように壊されていく。

わたしは咄嗟《とっさ》に窓際のカーテンを掴《つか》み、立ち上がろうとしたが、飛んできた首なし死体にぶつかって倒れ込んでしまう。

その瞬間、カーテンがブチッとレールから外れ、わたしはカーテンに身体《からだ》を覆《おお》われてしまう。

もう終わりだと思い、身を小さくして固まっていた。

けたたましい悲鳴や破壊音が響き渡り、次は自分の番だと覚悟をしていたが、しばらくして音が止み、大きな足音が教室の外へと向かうのを耳にする。

そうして足音が聞こえなくなってから、恐る恐るカーテンの隙間から外を確認した。

そこには思わず吐き気を催してしまうほどの惨状が広がっていたものの、バケモノの姿は消えていたのである。どうやらカーテンに覆われていたわたしの存在を見つけることができなかったらしい。

しかしまだあちらこちらで悲鳴や、獣の咆哮《ほうこう》のような身が竦む音が聞こえている。

わたしは恐ろしくなって、立ち上がることすらできずにジッとしていた。

そうして何時間経ったのだろうか。外は夕暮れ時が近づいていた。

すっかり物音一つしなくなった頃、わたしはようやく立ち上がった。

すでに血のニオイには慣れてしまっていたが、教室内はもう誰かも分からないほど砕けた人間の遺体が転がっている。

わたしはできるだけ下を見ないように教室の外を確認した。

廊下にも生徒たちが無惨な姿で横たわっている。この学校にいる生徒たちがすべて殺されたのではと錯覚《さっかく》するほどの数の死体が、そこかしこに散っていた。

カーテンを被りながら、ゆっくりと歩を進める。

目指す先は決まっていた。廊下の突き当たりにある非常用階段だ。

そこから一気に下へ降りて脱出したい。

音を立てずに静かに歩いていくと、その先の脇道からこちらに向かってくる足音が聞こえた。

わたしは慌てて近くの扉を開き、その中へと潜り込む。

そこは理科実験室で、普段から窓にはカーテンが閉められていて暗い上、外も徐々に暗くなりつつあることからも、ほとんど真っ暗な状態だった。

怖い……怖いが、外の方がもっと怖い。

だからわたしは部屋の隅の方へ走り、物陰に身を潜ませた。

すぐ傍には脱出口があるが、もう無理だ。怖くてここから一歩も動きたくない。

すると今度は銃声らしき音と、またも獣のような咆哮が聞こえてくる。

わたしはもう訳が分からなくなって、耳を塞《ふさ》いで蹲《うずくま》った。

これは夢だ、悪夢だ。

そう言い聞かせて瞼《まぶた》をギュッと閉じて震えている。

そうして止むことのない音と恐怖や不安のせいで、ずっと眠れずにここで一夜を過ごしたのだった。

そして現在、スマホの時間を見ると午後三時半。もうすぐまた学校で夕方を迎えることになる。

本当にどうしてこんなことになったの……かな。

あんな恐ろしいバケモノが、次々と校内に出現するなんて異常としかいえない。

しかも突然だ。何の前触れもなく現れた。

そんな現象があるだろうか。それにあのバケモノたちが現実に存在していることも意味が分からない。

これってもしかして……天罰、なのかな？

そう口にするくらいには心当たりがある。

わたしが席を置くクラスには、有名人が二人いた。

一人は言わずもがな、理事長の孫である王坂藍人《あいと》くんである。

そしてもう一人は――坊地日呂《ぼうちひろ》くん。何故彼が有名なのかというと、少し前まで件《くだん》の王坂くんのターゲットだったからだ。

いわゆる――イジメという最低の行いの。

坊地くんは、どちらかというと物静かな男の子といった印象だ。しかし他人を拒絶しているわけじゃなく、一年の頃も同じクラスで、他の男子と放課後に一緒に遊びに行くくらいにはコミュニケーションを取っていた。

成績も良く、気も利《き》くということで、教師だけでなく男女関係なく生徒にも評判は良かったのである。

わたしにも、クラス委員長の仕事を手伝ってくれたりして、すごく頼りがいのある男の子で、普通に会話もする間柄だったのだ。

しかしそんな坊地くんが二年になった頃、同じクラスになった王坂くんに目をつけられてしまった。

坊地くんだって、王坂くんのことは聞いていたはずだ。平和に学生生活を送りたければ、彼に従っていた方が良いことを。

しかし坊地くんは歯向かい、敵として認識されてしまった。

それから坊地くんの扱いが教師、生徒ともにガラリと一変したのである。

わたしだったら耐えられないほどの苦痛や屈辱《くつじょく》を毎日強《し》いられ、全生徒からも爪弾《つまはじ》きにされてしまったのだ。

孤立無援となった彼は、それでも決して王坂くんに屈しようとはしなかった。

わたしは不思議だった。どうしてそこまで自分を強く保てるのか。

当然わたしだって王坂くんに従うのは嫌だ。もっと自由に、みんなが笑えるようなクラスにしたい。一年の時のように。

でも歯向かえばきっと人生が終わってしまう。そんな恐怖と不安に押し潰されてしまい、わたしは結局、王坂くんの顔色を窺《うかが》うようにして、日々を過ごしてしまっていた。

けれど坊地くんは、どれだけイジメられても、殴《なぐ》られても、バカにされても、絶対に王坂くんのやり方を認めなかった。

他のクラスメイトたちは「正気じゃない」や「さっさと謝ればいいのに」などと言っていたが、わたしは……。

――凄《すご》い。

心の底からそう思った。

真っ直ぐ、自分の信じる道を突き進んでいる彼の姿は、間違いなく人として正しい。

そう、間違っているのはわたしたちだ。

正しくありたいなら、坊地くんに手を差し伸べるべき。

でもそんなこと、誰もが怖くてできない。

わたしも何度か坊地くんが心配になって声をかけたが、その都度《つど》拒絶されてしまう。

当然だろう。心配してるといっても、しょせんは表面的だ。

王坂くんの影に怯《おび》えて、安全圏から声をかけているだけに過ぎないのだから。

そんな声が、坊地くんに届くはずもないのだ。

そして昨日。怪物たちが現れた時、教室には一人だけ……坊地くんだけがいなかった。

まず間違いなく、王坂くんたちにどこかへ呼び出され殴られたりしていたんだろう。

その現場だって、前に見たことがあるから分かる。

わたしは不意に、少し年の離れた姉のことを思い出す。

彼女は現在、地方の大学で学んでいるはずだ。ここみたいにバケモノに襲われてなければいいが。

幼い頃から、わたしはずっと姉を目標に生きてきた。

賢く、気高く、とても綺麗《きれい》なお姉ちゃん。

男の子にも負けないその強さが羨《うらや》ましく、いつもお姉ちゃんの傍にいて守ってもらっていた気がする。

そしてお姉ちゃんが地元を離れ、地方へ行く時にわたしに言った言葉があった。

『ねえ、恋音《こいね》。どんな辛いことや痛いことがあっても、自分が正しいって思ったことだけは絶対に貫きなさい。後悔《こうかい》しないようにね』

いつも正しく。わたしを導いてくれていた灯台のような姉。

……ごめんね、お姉ちゃん。わたし……全然正しくないや。

せっかく与えてくれた言葉をまったく守れていない。

それに妹であると同時に、わたしはお姉ちゃんでもある。五歳の妹がいるのだ。

あの子も今頃は幼稚園にいるだろう。……会いたい。会って抱きしめたい。

どうかあの子も無事であるように願う。

ただ一つだけ。ホッとしていることもある。坊地くんが教室にいなかったことだ。

外にいた彼。もしかしたらバケモノたちの目を盗んで逃げ延びている可能性が高い。

頭も良いし運動神経だってある。だからこそ彼ならば、という期待感はあった。

「……坊地くんを見捨てた報い、なのかもしれないよね」

一年の時、困った時とか手を貸してくれたのに、それを仇《あだ》で返したようなものだ。最低の人間がすることである。

でもやはり死ぬのは……怖い。

こうして一人で考え込んでいると、どうしても昔のことばかり思い出す。

あの時、こうしていれば良かったなどといった反省や後悔のことばかり。

もちろん楽しい思い出もたくさんあるけれど、後ろめたいことばかり脳裏《のうり》に浮かぶ。

「もしまた坊地くんに会うことができたら…………謝りたいな」

きっと不可能だろうけど。

廊下《ろうか》には引っ切りなしに聞こえてくる足音。

外に出ればバケモノに襲われ、結果は火を見るよりも明らかだ。

いつかここにもバケモノは現れて、そしていつかは見つかって……。

「もう一度……お姉ちゃんたちに会いたかったな……」

そう小さく呟《つぶや》いたその時だった。

突如廊下から銃声が轟《とどろ》き、反射的に身が竦《すく》む。

同時に「ギガァァァァァッ!?」という甲高《かんだか》い断末魔《だんまつま》のような声が鼓膜《こまく》を震わせる。

そしてバタバタバタと、大勢の足音が廊下から鳴り響く。

直後に扉がガラガラと開き、

「――クリア。おい、誰かいないか?」

人間の男性の声が聞こえた。

わたしは「え?」と声に出し、包まっていたカーテンの中から顔を出す。

すると懐中電灯がわたしの顔に当たる。眩《まぶ》しい。

「生存者発見！　保護に移ります！」

物々しい恰好《かっこう》をした男性が、次々と中へ入ってきて、わたしのもとへ駆けつけてくる。

「もう大丈夫だ。さあ、早くここから脱出するよ」

ほとんど諦めていた。

神様はきっと、一人の少年を見捨てた自分を救ってはくれないだろう、と。

でも……でも……。

「うわぁぁぁぁぁんっ！」

助かった安堵《あんど》から、わたしは涙が流れるのを止められなかった。

こうしてわたしは、地獄の中から救われたのである。

第二章 使い魔を購入

学校にモンスターが現れてから五日後。

ポストに入っていた号外の新聞を見て、俺は世界の現状を知ることになった。

どうやらテレビやネットが繋《つな》がらない現状に考慮《こうりょ》して、政府主導で号外を発行し配ったようだ。

俺の想像していた通り、号外には、日本だけでなく世界中に異変が起こり、あちこちでモンスターが出現している様子が書かれていた。

突如建物がダンジョンのように変貌《へんぼう》し、中にはモンスターに対抗する一般人もいたようだが、多くは返り討《う》ちに遭《あ》ってしまっているらしい。

家を追い出された人たちは、親戚《しんせき》のもとへ身を寄せるか市が仮設住宅を設置して、そこで世話になっていた。他にも地震などの災害時に、避難場所として指定されている体育館などに集まって過ごしている写真まで載っている。

軍隊や警察などの関係当局が世界中で動き、モンスターたちの鎮圧に従事しているようだが、ダンジョンによってはかなり難航している模様。

下級ダンジョン――俺が攻略したようなダンジョンならば、すぐに制圧できているらしいが、学校や大型デパートなどの大規模なダンジョンは、制圧に苦労していると書かれている。

また海や無人島などにも、突如として現れたモンスターに悩まされているとのこと。

船が襲われ転覆した記事や、無人島でサバイバルをして楽しんでいる者が、命からがら逃げ帰ってきている記事も事細かに掲載されている。

とにかく世界は、五日前を境にガラリと変貌した。

政府はこの現象を、〝ダンジョン化現象〟と名付けて対応に迫られているようだ。

この五日間で、推定三十万人近くの死傷者が出たのではと掲載してある。

そして犠牲者《ぎせいしゃ》は、今後も増え続けていくだろうと絶望の意を示していた。

「大変だな、世界中」

午前八時、俺はリビングでカップ焼きそばを食べながら新聞を読んでいた。

この五日、俺の周りでは特に変わったことはなかったが、どうも近所の人たちは、こぞってどこかへ避難したのか、周囲はシーンとしている。

家が突然ダンジョン化するという報せを受けた一般人たちは、本来安息の場所であるはずの家を信じることができずに、多くの者たちが集まる場所へと避難していったのだろう。

何が起きても人手さえあれば、自分たちは何とかなるとでも思っているのかもしれない。

そう思って集まっている連中が多いのだから、結局は災害が起きた時はランダムに犠牲が出るに決まっているのだ。

それでも確かに人手があれば、できることも豊富にあると思うし、生存率だって上がるかもしれない。

今じゃ、この世界のどこに安全地帯があるか分からない。

何故なら森や砂漠といったフィールドもまたダンジョン化しているらしいから。

幸いなことに、街そのものがダンジョンになって、そこら中にモンスターが溢《あふ》れるといったことは起きていない。

外が安全だといっても、それがいつまで続くか……。

そのうち地球そのものがダンジョンと化し、そこらの道路にでも普通にモンスターが出現することも考えられる。

そうなったら人間は生活を追われ、その数をどんどん減らしていくことになるだろう。

人間が持つ兵器だって数に限りがあるし、その兵器だって中には効かないモンスターも出てくるだろう。それにようやく倒したとしても、コアを破壊しなければ、時間を経て復活するのだから、攻略という手段を知らない者にとっては悪夢でしかない。

漫画に出てくるようなドラゴンや魔王などといった存在が出てきたら、多分それで人間の天下は終結を迎える。

いや、すでに今、もうこの世界は終末へと向かっているのだ。

恐らく新たな時代——モンスターの天下を示す世界へと。

「その中で生き残るには、やっぱ自衛力を鍛えるしかねえよな」

さすがにドラゴンを単独で討伐《とうばつ》できるような〝ナニカ〟があるとは思えないが……。

「……いや、あったし」

俺は〝SHOP〟の検索ワードに〝ドラゴン討伐〟という文字を入れて検索した。

するとヒットするものがちゃんとあったのである。

「龍殺しの異名を持つ剣——《ドラゴンスレイヤー》か。それにドラゴン種だけに効く毒なんてのも売ってる。探せば結構バリエーションもあるんだな」

つまりこの世に殺せない存在はいないということなのか？　てかこんなもんがあるってことはドラゴンがいるってことだよな……マジか。

調べてみれば、どのモンスターにも弱点というのはあるらしく、そいつだけに効果抜群《ばつぐん》の武器やアイテムなども結構ある。要は遭遇《そうぐう》しても諦める必要はないということだ。

「けど俺限定だとは思うけどな」

新聞を読んでも、俺のような特別な力を有する人間が現れたという報告はない。

この五日で見つかっていないのなら、もしかしたら究極的に数が少ないか、まったくもって、いないかのどちらかの可能性が高い。

なら絶対に俺の能力は他人にバレるわけにはいかないだろう。

もしバレれば、人間が取るべき行動なんて大体決まってくる。

利用するか、排除するか。

まあこの状況だ。排除するにしても、俺から能力を搾《しぼ》り取れるかどうか、散々人体実験などをしてからだろうが。

だから多くの場合は、俺を利用しようとしてくる。

何故なら俺の傍にいれば安全を買えるからだ。逆に俺でもそんな相手がいれば縋《すが》りつくかもしれない。死にたくなければ、だ。

別に自給自足しなくとも、金さえあれば自由に衣食住を手にできるのだから、俺は他人からしたら救世主みたいな存在だろう。

しかし悪いが、俺はもう誰一人として人間を信じようとは思わない。

人間を利用することはあっても、心を許すことはもうできないだろう。

結局のところ、人間ってのは自分だけが可愛《かわい》いし、その気になったらいつでも裏切る。

たとえ友人だろうが恋人だろうが、身内だったとしてもどうだろうか。

この世に無償の愛なんてもんがあるなら、それは親と子という間にしか存在しえないと思う。

あいにく俺にはもう、そんな繋がりはなくなってしまった。

故に心から信頼できるような存在は……………もう手にすることはないんだろう。

「はっ……別に問題ないか。スキルのお蔭《かげ》で俺は一人でも生きていけるしな」

あとは金さえ手にできる環境さえ構築すれば問題ない。

こんな世の中になったお蔭ともいうべきか、金の価値は大いに下がったはず。

何せ商売そのものが機能しなくなっていくのだから。

悠長《ゆうちょう》に店を構えて商売を行うような者たちは、時が進むにつれ消えていくことだろう。

というよりも店そのものが、生き抜くために理性を失った人間たちの狩場へと成り代わっていく。今はまだ大丈夫かもしれないが、自給自足という手段しかなくなったその時、この世界はもっと荒れていくはず。

人間は、モンスターだけじゃなく、同じ人間に対しても警戒しなければならなくなる。

そう、この世は終末へと向かっているのだ。

そうなっていけば、さらに金の価値は失われていき、俺のスキルがどんどんと輝きを増すようになる。金だけじゃない。金品そのものが無価値になる可能性が高い。そういったものを手に入れ、売却することで俺は潤っていく。

「俺の人生も報われる時が来たってことなのかねぇ」

だとしたら、このスキルを与えてくれた神には感謝しかないが。

ただ、このスキルのお蔭で一人で生きていけるとしても、たまに孤独感を強烈に感じてしまうことがある。

そんな時は、いつもテレビやネットなどで気を紛《まぎ》らわせていたが、今の世界ではそれもできなくなってしまった。

「新聞だっていつまでも届けてくれるとは思えねえしな」

政府だって、どこまで機能し続けられるか。そのうち号外すら出せない状況だって起こり得るのだ。

そうなれば世の中のことも知らず、益々孤独感が強まるかもしれない。

しかし、だからといって他人と触れ合おうとは思えない。仲良くなんてできるはずもない。

こういう時、ペットがいれば少しは気も紛れるかもしれないが……。

「……！　ペットか……ちょっと調べてみるか」

俺は検索ワードでペットを購入できないか調べてみた。

すると、『使い魔』としてモンスターを購入することができることが分かったのだ。

「へぇ、面白そうだな」

『使い魔』は主人に絶対の服従を誓っているので、決して裏切ることがないという文句がさらに魅力的だった。

友人はいらないが、こういう存在なら傍に置いておいてもいいかもしれない。

俺は手頃で癒《いや》されるようなモンスターがいないか探してみる。

「こういう時、物語だったらスライムとかが多かったりするよな。汎用《はんよう》能力も高くて相棒として立派だし、それに可愛らしいからな」

けどそれじゃ何だか面白みがない。

「あ、喋《しゃべ》ることができるモンスターってのはいないのかね？」

これならさらに意思疎通《そつう》が簡単にできそうだからありだ。

「…………お、コイツなんかいい感じかもな」

俺の目に留まったのは——フクロウである。

実はこう見えても俺は動物好きで、特にフクロウはいつか飼ってみたいと思っていた。

見た目がクールでカッコ良いし、頭も良くて、大人しい奴は本当に静かに過ごしているので
ペットとしても大人気である。

ただそこはやはりモンスターなのか、見たこともないフクロウばかりだ。

説明文には性格や性別など、ちゃんと個体に関した情報も掲載されているのでありがたい。

「ん～迷うなぁ。まず小型にするか中型にするかで迷うし……」

大型はデカ過ぎるので、とりあえず今回は保留という形にしておく。

「おお、コイツはあれだな。俺が好きなアフリカオオコノハズクに似てるぞ」

白い顔に太い黒緑模様を持つ小型のフクロウだ。正確にはアフリカ大陸の北側に棲息《せいそく》しているアフリカオオコノハズクと、南側に棲息しているミナミアフリカオオコノハズクに分けられるらしい。

普通に買えば四十万円程度とのこと。フクロウの中でもメジャーで一等人気がある。ただこれはもちろん普通のアフリカオオコノハズクの特徴だ。

コイツはモンスターであり、違う特性も持っている。

一番の驚きは、口から火を噴くことができるということ。一体どういう生体構造をしているのか謎だが、モンスターにいちいちツッコんでも仕方ないので納得しておく。

「よし、コイツにするか」

俺は購入の手続きをすると、何の躊躇《ためら》いもなく七十万円という金を注ぎ込んだ。

「さあ——来い！」

いつものように購入して《ボックス》に贈られた『使い魔』を取り出した。

すると目の前にボボンッと、忍者が現れるような感じで、そいつは姿を現す。

そして俺はそいつと目が合い、しばらく見つめ合うことに……。

「……！　ご主人〜！」

「わぷっ!?」

いきなりそいつが俺の顔面に飛びついてきた。しかも話しながらだ。本当にフクロウが喋ったこともそうだが、このモフモフ感に思わず顔がニヤけてしまう。

「わ、分かった分かった！　分かったからちょっと落ち着け！」

「ぷぅ〜。了解なのですぅ……」

何だよ〝ぷぅ〜〟って、可愛いじゃねえか。それにシュンとなってる姿も実に癒される。

俺はそいつを床の上に置き、まずは挨拶《あいさつ》をする。

「初めましてだな。俺は坊地日呂《ぼうちひろ》だ。お前は俺の『使い魔』のソニックオウルで間違いねえよな？」

「はいなのです！　あ、でもぉ……」

「ん？　どうした？」

「そのぉ……できればご主人に名付けてほしいのですぅ」

「あ、名前か？　そうだなぁ…………じゃあソルでどうだ？」

「!?　ソル……いいですぅ！　じゃあ今日からソルはソルなのですぅ！」

あはは、どんだけ嬉しいんやら。翼をバタバタとはためかせて喜んでいる。ああ、やっぱ人間と違って動物は癒されるわぁ。この無邪気さがたまらん。コイツが良い子そうでマジで良かった。

するとソルが何だかウズウズし始めたので、「どうかしたか？」って聞いてみると、

「あ、あのぉ……お腹減ったですぅ」

「おおそっか。ちょっと待ってな……って、お前って何食べんの？」

「何でも食べますですぅ！　あ、でもニオイの強いものはちょっと苦手かも……です」

「なるほどな。じゃあ生肉や野菜でも問題ねえってことか？」

「問題ないのですぅ！」

「よっしゃ、ちょっと待ってろ」

俺は冷蔵庫から、まだ残っていた野菜やら肉やらを取り出して、それを皿に載せてソルに出してやった。

「いただきますなのですぅ～！」

ソルは嬉しそうに、小さな口でガツガツと食べ始めた。

俺はそれを微笑《ほほえ》ましいと思いながら眺めていると、突然ソルが食べるのを止めて、大きく息を吸い始めたのだ。

そして――ボォォォォォッ！

いきなり火を噴いたのである。

「おわっ⁉」

「あ⁉　ご主人⁉　驚かせてしまったですか⁉　ご、ごめんなさいですぅ！」

しきりに謝ってくるので、俺は「気にすんな」と軽く頭を撫《な》でてやると、「えへへ～」と目を細めてきた。

ああ、いい。人間関係で荒《すさ》んだ俺の心が浄化されていくようだ。

「ていうか何で急に火を噴いたんだ？　しかも食料に向けて」

「あ、そのぉ……ソルには食べ方にこだわりがありましてですね。最初は生で食べて、残り半分は火で炙《あぶ》って食べるのですぅ」

「ほう、そんな特性がソニックオウルにはあったのか」

「いえ！　これはソルだけの個人的嗜好《しこう》なのですぅ！」

「あ、そうなの」

どうやら人間と同じように、フクロウにも食べ方の好みとかがあるみたいだ。

「――けぷっ。ぷぅ～、とても美味《おい》しかったのですぅ！」

「そりゃ良かった。ところでソニックオウルは、その名の通り音速で飛ぶことができるらしいけど、マジでできる？」

「ん～今のソルは生まれたばかりなので難しいですぅ。もう少し成長すればできるようになりますよぉ」

モンスターにも成長度合いというものが存在するわけか。そこらへんも人間と変わらないらしい。

「なるほどなぁ。今の状態でもスライムやゴブリンと戦ったりできるのか？」

「問題ありませんです！　ソルのランクはこう見えてもDランクなので！」

そういえばモンスターにはランクがあったのを思い出した。

「ただ先程も申しましたが、生まれたばかりですので同じDランクの中では最弱かとぉ……。でもでもぉ、成長すればDランクの中でも上位に入るはずなのですぅ！」

モンスターにも当然個体差はある。ランクが同じだからといっても、能力や相性などで強さは上下することだろう。

確か『使い魔』専用の商品もあったはず。

その中には『使い魔』を成長させたり強くさせる効果があるものもあった。

一応《鑑定鏡》でソルを見てみると――。

名前やランク、そして弱点などの他に、〝レベル1〟という文字が新たに加わっていた。

これは〝SHOP〟から購入することができる《レベルアップリンI》というものを、『使い魔』に食べさせれば、レベルを上げ、全体的な強さが劇的にUPするのだ。

しかしこれ、結構高い。百万もするのである。ちょっと手を出すのに躊躇《ちゅうちょ》してしまう値段だ。

試しに一つくらいと思い、《レベルアップリンI》を購入して、ソルに与えてやった。

「わぁ～！　食べてもいいんですぅ？」

「お前専用の食い物らしいしな。遠慮《えんりょ》しないで食え」

「やったですぅ～！　いっただきまーす！」

見た目は完全なプリンだが、美味《うま》そうに十秒程度で平らげたソル。

するとソルの身体《からだ》が淡く発光し、全体的に灰茶色をしていたのに、少し赤みがかった色へと変化した。可愛《かわい》らしさの中に、どこか凛々《りり》しいものを感じる。少し目つきが鋭くなったせいだろうか。

「おぉ〜！　何か力が湧いてくるようなのですぅ！」

どうやらレベルアップが成功したようだ。鑑定したらレベル2になっていた。しかもランクもDからCへと上がっている。

《レベルアップリン》は、他に〝Ⅱ〟と〝Ⅲ〟があるが、この二つは嘘だろと思うほど桁違《けたちが》いに高い。〝Ⅰ〟とは比較にならないほどだ。さすがにおいそれと購入はできない。つか圧倒的に金が足りないし。

「ソル、どうやらレベルアップしてCランクになったみてえだぞ。おめでとう」

「え？　ほんとなのです？　やったぁ！　これでもっとご主人のお役に立てるですよぉ！」

うんうん、無垢《むく》で可愛い奴め。お前の忠義、実に期待しておこう。

何せ『使い魔』は裏切らない存在らしいからな。信頼することはできるだろう。

「それじゃ、ソルの強さを見せてもらおうかな」

「はい！　いつでもソルはやる気満々なのですぅ！」

俺はソルを自分の肩に乗せて、そのまま外へと出て行った。


俺は《ボックス》からある物を取り出した。

「ご主人？　それは何です？」

「これか？　ちょっと前に購入した《ダンジョン探知図》だ」

俺の手元にはＡ４用紙ほどの紙がある。

そこには周辺のマップが映し出され、現在俺がいる地点には青い印が光っていた。

まるでナビアプリみたいに、どんどん地図は更新されていって周辺の状況を映し出してくれるのだ。だから普通に地図としても扱える。

そしてマップ上にダンジョンがあると、赤い印が発現するのだ。

「これさえあればバカみたいに探し回らなくても良いからな」

「さすがはご主人！　頭良いのですぅ！」

別に俺みたいなスキルを持ってたら、誰だって思いつくことだろうけどな。

「あ、一応俺以外の人間の前で喋ったりするなよ？　他人に聞かれたら面倒なことになるし」

「了解なのです！」

打てば響くような応えに気持ち良さを感じる。

すると少し先にある建物に赤い印が発現していた。

「ソル、ダンジョン発見だ。ちょっと急ぐぞ！」

「はいなのです！」

とはいっても、ソルは俺の肩に乗っているので、実際に急ぎ動かすのは俺の足なのだが。

《パーフェクトリング》によって体力も増強されているので、ちょっと走ったくらいじゃ息も切れない。

そして一キロほど走って辿《たど》り着いたのは――。

「――ここはダメだな」

そこはマンションだったのだが、すでに警察が周りを囲っている状況だった。

恐らく誰かが警察署にでも駆け込んで助けを求めたのだろう。

さすがに俺みたいなガキが入っていくのは絶対に止められる。

「ご主人、周りを飛んで様子を見てきましょうか？」

「いいね、ソル。ナイスアイデアだ。けど下手《へた》に近づくな。モンスターと判断されて銃撃されるかもしれんしな」

まあ、Cランクほどのモンスターが、銃弾を受けたところで致命傷を負うとも思えないが、せっかく手に入れた『使い魔』を失いたくはないから念のためだ。

ソルが大きく舞い上がりマンションの頭上で旋回し始める。

「……やっぱ、この状況でも会話ができたらいいな。……そういうの売ってねえかな」

検索ワードで、〝使い魔〟〝意思疎通〟〝遠距離〟などと入れて検索すると、望み通りのものがヒットした。

「《念話用きびだんご》……か。これいいな」

人語を話せる『使い魔』に食べさせることで、頭の中で会話をすることができるようになる。

ただし主人を中心にして半径十キロ圏内でのみ有効。

意外に安く一万円だったので、購入しておく。

しばらくするとソルが戻ってきたので、報告を聞く前に《念話用きびだんご》を食べさせた。

そして試しに頭の中でソルを意識しながら話しかける。

〝聞こえるか、ソル？〟

〝！　はい！　素敵なお声が聞こえましたですぅ！〟

どうやら問題なく作用してくれているようだ。

「よし、これからは離れて行動する際には、できるだけ連絡を取るようにするぞ」

「了解なのです！」

「ところで上空から見た様子はどうだった？」

「建物の屋上にソードラビットマンがいましたです」

「強いのか？」

「同じD……あ、今ソルはCでしたです」

「Dランクのモンスターってことか。お前一人でもやれる相手っぽい？」

「レベルアップした今のソルなら問題ありませんです！」

「……そうか」

「倒してきますです？」

「……いや、あまり人目に触れるのもあれだしな。ここは諦めて違う場所を探そう」

それに屋上で戦われても、その姿を見ることができないので、戦い方を知りたい俺としては不服なのだ。

ただこうして空を飛んで情報収集できる存在を手に入れたことは、これからの俺の生活にもずいぶんと役立つことが分かった。

俺はソルとともにその場を離れ、もう少し小さいダンジョンを探す。

すると小さな公園にダンジョン反応を摑《つか》んだので、さっそく向かうことにした。

住宅地の中にある小規模の公園で、遊具もそれほど豊かではない。

精々《せいぜい》が砂場に滑り台、そして鉄棒があるくらいだ。

それに嬉しいのは、周りに誰もいないことである。

物陰から隠れて確認してみると、公園内にはゴブリン四体に、豚を擬人《ぎじん》化させたようなオークというモンスターが動き回っていた。

恐らくはオークがボスで、その近くにコアがあるのだろう。

「よし、行けソル！」

「参りますです！」

さすがはフクロウ。高速で飛行しているのにもかかわらず、まったくといっていいほど羽音がしない。

しかも、だ。

——ズシュッ、ズシュッ、ズシュッ！

立て続けに三体のゴブリンの胸に突撃し、そのまま貫通させ瞬時に撃滅した。

仲間がやられたことに気づいたもう一体のゴブリンがハッとなったが、ソルの素早過ぎる動きに気づけずに、背後から胸を貫かれてそのまま消失。

そして最後はオークだが、こちらもいまだにソルの存在を摑めていない様子だ。

ソルはオークの頭上から火を噴き、一瞬で火達磨《ひだるま》にしてしまった。

驚くことなかれ。この間——三秒ほど。

瞬きすれば見逃すほどの瞬殺劇だった。

「お、おいおい……アイツ凄《すご》くね？」

まさにソニックという冠名に相応《ふさわ》しいほどの動きで、あっさりとモンスターを一掃《いっそう》してしまった。

最後にコアを見つけたソルだが、これも一瞬で破壊できると思った矢先、コアはソルの攻撃を見事に無効化したのである。

「……ふむ」

何度も攻撃を繰り出すソル。火球をぶつけても無意味だった。

……これはまた面倒な真実を知ったな。

恐らくだがコアは、人間の手による攻撃じゃないと破壊できないのかもしれない。

俺は周りを警戒しながら公園に入りソルへ近づく。

「ぷぅぅぅ～！　ごめんなさいですぅ～！　これ壊せません～！」

泣きついてきたソルの頭を撫《な》でてやり、俺は《アシッドナイフ》でコアを傷つけた。

するといとも簡単にコアは破壊され、ここのダンジョン化が解かれたのである。

「お前はよく頑張ってくれたよ、ありがとな」

「!?　ぷぅ～！」

「けど、どうもコアは俺しか破壊できねえみたいだな。厄介《やっかい》な設定だよ、まったく」

それにしても、とソルを見る。

この子の身体《からだ》には血が一滴もついていない。

それほどまでの速度による攻撃だったということだろうか。

……凄《すさ》まじいもんだな。

それと同時に、やはりモンスターは人の手に負える存在じゃないことも知る。

仮に、ソルが百体襲ってきたとしよう。

ものの数分ほどで一つの街は滅びそうな気がする。

これでもまだCランクなのだ。その上にはまだ、B・A・Sという三階級があるらしい。

ソルから判断するに、Aランクで一国レベルなのではなかろうか。

じゃあSは……となると、それこそ国同士が同盟を結んで事に当たっても勝てる相手かどうか分からない。世界レベルということにしておこう。

もし攻撃一つ一つが核レベルだったら、さすがに俺も自分を守ることができないかもしれない。

いや、たとえどれだけ相手が強くとも生き残る術《すべ》は確実に存在する。

そう――《ショップ》スキルには。

一つ例を挙げれば、こちらもSランクのモンスターを『使い魔』にすればいい。それで守ってもらうという選択肢《し》がある。

しかしそのためには、やはり莫大《ばくだい》な資金が必要になってくるのだ。

幸い、まだ国を壊滅させられるほどのモンスターが出現し暴れている様子はないので、どうかそれまでに対策を講じる必要がある。

「とにかくソルの強さは理解したぞ。お前なら立派に俺を守ってくれそうだ」

「ぷぅ！　全身全霊でお守り致しますですぅ！」

こうして俺は、人間なんかよりも遥《はる》かに頼りになれる従者を手に入れたのであった。


それからしばらく街を散策していると、賑《にぎ》やかな場所を発見した。

そこは公民館で、市民たちのために炊《た》き出しを行っているようだ。

利用者の多くはホームレスの人たちばかりだが、中には身綺麗《みぎれい》な者たちもいる。きっと家がダンジョン化して、避難してきた連中なのだろう。

まだ人間たちには笑顔がちらほらとある。こうした拠《よ》り所となる場所がまだ存在しているからだろう。

しかし時が経つに連れて、きっとこの活気もまた失われていくはずだ。

ダンジョン化が激しくなれば、ここに集まる者たちも増えるし、この公民館だっていつまでも安全な場所ではないだろう。

人が増えれば食料だって追いつかなくなる。そうなれば絶対に始まる。

――奪い合いが。

そしてその中で淘汰《とうた》され、弱者は死に絶え、狡猾《こうかつ》な強者だけが生き抜いていく。

〝ご主人、ここに何か御用が？〟

人がいる場所ではちゃんと《念話》を使う。しっかり言いつけを守るソルは本当に頼もしい。

〝いや、ただ何となく見てただけだ。そろそろ帰るか〟

そう思った矢先、不意に公民館の敷地内からこちらを見つめる一つの視線に気づいた。

五歳くらいの子供だろうか。愛らしい顔立ちに黄色のワンピース姿の女の子だ。どこかで見たような桃色のカチューシャをしている。

「――トリしゃん！」

俺を……いや、正しくは肩に乗っているソルを指差して叫ぶ幼女。

そして目を輝かせながら俺の方へ駆け寄ってくる。

途中道路を挟んでいるので、俺は思わず左右を確認して車が来ていないか見た。

ったく、保護者は何してやがる！

幼女は俺の心配をよそに道路を渡ってこちらに寄ってきた。

「トリしゃんだ！　トリしゃん！」

やれやれ、どうやら捕まってしまったようだ。

「ねえねえ、トリしゃん……さわっていい？」

「……叩いたりしちゃダメだぞ」

「うん！」

俺は《念話》で〝悪いな。少し相手してやってくれ〟とソルに頼むと、ソルも〝御心のままに〟と言って、俺の肩から幼女が触れるように地面に降りた。

「わぁ～、フワフワだぁ！　かわいいねぇ～」

幼女は嬉しそうにソルの身体を優しく撫でている。

人間もこれくらいの頃は無邪気で可愛《かわい》いのにな……。

何であんなどす黒い存在に成長するのか非常に嘆《なげ》かわしい。

かくいう俺だって同じ人間で、どす黒いものを抱えている身分ではあるが。

動物も良いが、小さい子供もまた触れ合うのは好きだ。

彼らは本心でぶつかってきてくれる。感情をそのまま表に出し、裏なんて一つもない。だから接していてストレスは溜まらない。

まあ子供と全力で遊ぶと、違う意味のストレスは溜まるかもしれないが。

どう考えても体力はこっちの方が上なのに、子供と遊び続けると何故か先にこちらが参ってしまうのだ。あれはどういうことなのかいまだによく分からん。

「ねえ、このこのおなまえはぁ？」

「コイツはソルっていうんだ」

「そる？　ソルちゃん！」

「ぷぅ〜！」

「あはは、ソルちゃん、よろしくねぇ〜」

ところでコイツの保護者はどこにいるんだ？　いつまでこんな小さな子を放っておくつもりだよ。

俺は公民館の方を眺めて、この子を探している様子の大人を見つけようとするが、人も多くそれらしい人物が見当たらない。

「ったく……。なあ嬢ちゃん」

「じょう……ちゃん？　ちあうよ？　まーちゃんはまーちゃんだよ？」

「そっか。まーちゃんって名前なんだな。じゃあまーちゃん、いきなり道路に飛び出したらダメだぞ。車に轢《ひ》かれちゃうかもしれねえからな」

「え……あ、ごめんなしゃい」

謝れるということは、車が通る場所だとちゃんと理解しているようだ。

しかし動物が好きなんだろう。フクロウを見つけて、つい無我夢中で近寄ってきてしまったというわけである。

俺は「分かればいいんだ。次から気をつけろよ」と言って頭を撫《な》でてやると、まーちゃんも「えへへ～、うん！」と無垢《むく》な笑顔で応じてくれた。

するとそこへ——。

「まひなーっ！　どこに行ったのーっ、まひなーっ！」

公民館の方から女性の声が聞こえたと思ったら、

「あっ、おねえちゃんのこえっ！」

どうやらようやく保護者が迎えに来てくれたようだ。

俺は心の中で「遅えよ」と思いながら立ち上がり、公民館の方へと視線を向けてハッとなる。

そこには——見知った顔があったから。

「おねえちゃーんっ！」

「……！　あ、まひな！　何でそこに！　ちょっと待ってて！」

そいつは道路を左右確認してから、慌ててこちらへと駆けつけてきた。

そしてまーちゃんもまた、そいつの足元へ抱きつき笑っている。

「あのねぇ！　トリしゃんをさわらせてもらってたのー！」

「もうまひなったら。その、この子がご迷惑をおかけして申し訳あり……ませ……ん……え？」

やっぱ気づくよなぁ。変装なんてしてねえし。

そいつは俺を真正面から見て固まってしまっている。

「…………坊地……くん？」

「……はぁ。無事だったんだな――十時《ととき》」

そう、そこにいたのはクラスメイトであり、クラス委員長を務める十時恋音《こいね》だった。


まさかコイツまで炊き出しを利用していたとは……。

まあ同じ地区に住んでいるんだし、こういうことも十二分にありえるのだが。

俺はいまだに固まったままの十時に告げる。

「……十時、お前……姉ならこんな小さい子を一人にするな」

「え？　あ、えと……ごめんね」

「俺に謝ってもしょうがねえよ」

「そ、そうだね……。まひな、一人にしてごめんね？」

「ううん！　たのしかったー！」

まーちゃん……まひなちゃんは、何で自分の姉が叱《しか》られているか分かっていないだろう。

「じゃあな、次からは気をつけろよ」

俺はソルを肩に乗せると、その場から離れようとする。

「――待って！」

「待たない」

「お願いっ、坊地くん！」

ちっ、大きい声出すなよな！　見ろ、何人かこっちに注目してるじゃねえか！

「坊地くんっ！」

「…………はぁ。何か用でもあるのかよ？」

「あ……えと……その、この子がお世話になったみたいだし、何かお礼でも」

「いらん。以上」

「だから待って！」

今度は腕を摑《つか》んできやがった。どうやらコイツが満足するまで離してはくれないようだ。

しかし何故か、摑んだ彼女の手がプルプルと震えている。顔もどこか不安気で、申し訳なさそうな感じだ。

〝ご主人、ソルが追っ払います？〟

〝いや、別にいいよ〟

俺は深い溜息のあと、ゆっくりと十時に振り向く。

「こっちも暇じゃねえ。ほんの少しだけだぞ」

まあ、ここは教室じゃないし、王坂《おうさか》もいねえから、少しの間くらいなら面倒なことにはならないだろう。

俺たち三人は公民館の方へ行き、近くにあるベンチに座った。

まひなちゃんは、少し離れたところでソルと一緒に遊び、俺は隣に座っている十時が話してくれるのを静かに待つ。

「……あのフクロウ、ペット？」

「まあな」

「何ていう名前なの？」

「……ソルだ。アイツの名前が知りたいだけだったんなら、もう俺は行くが？」

「あ、ごめんね。えと、その……」

一体何の用なのか。さっさと本題に入ってほしいのだが。

何か話しにくいことなのか、こちらをチラチラと見て挙動不審だ。

……たく、仕方ねえ。

「お前、親は？」

「へ？　あ、その……うちはお母さんしかいなくて……」

「そうだったのか」

「う、うん。お母さんはその……ちょうど海外へ仕事に行ってて。すぐに帰ってくる予定だったんだけど、こんなことがあって……」

つまりタイミングが悪かったというわけだ。

「……その、坊地くんも無事だったんだね？」

「見りゃ分かるだろ……って、俺も同じ質問したしおあいこだな」

「……うん。けど……」

「何だ？　クラスの連中は全員死んだか？」

すると一気に彼女の表情が強張《こわば》り真っ青になって口元に手を当てた。

適当に言ったが、マジで全員死んだのか？

「っ…………みんな……ね、モンスターに……」

「殺されたってわけか？」

コクリと頷《うなず》くと、そのまま十時は続ける。

「全員ってわけじゃない……と思う。でも逃げられたのは……数人くらい……」

「へぇ。王坂の奴も死んだのか？」

「!?　……ううん。石田《いしだ》くんを盾にして真っ先に逃げ……ちゃった」

「ちっ、悪運の強い野郎だな。死んでくれてた方が世の中のためだったもんを」

とはいうものの、実際のところはどうでもいいが。もう会うこともないだろうし。

しかし取り巻きの石田を盾に、ねぇ。想像通りの展開だし、何ら不思議じゃない。

ああいう奴は、どんな手段を講じてでも生き抜こうとするだろう。たとえ肉親だとしても利用し、蹴落《けお》とすくらいは平気でする。

「あの時……坊地くんはその……どこにいたの？」

「いつも通り校舎裏だ」

それだけで意味は通じたのだろう。十時は気まずそうに「そ、そう」と口にした。

「それで？　話したいことってのはクラスのことか？　別に聞きたくもねえんだけど？」

「ち、違うの！　その……そうじゃなくて……」

目は泳ぎ、両手の指が忙《せわ》しなくモジモジと動いている。表情は不安そうに歪み、口が小刻みに震えていた。

俺は早く喋《しゃべ》ってくれと思い黙っていると、ようやく意を決したのか、十時がベンチから立ち上がって、俺に向かい頭を下げたのである。

「ごめんなさいっ！」

「……あ？」

いきなりの謝罪に、思わずポカンとしてしまったが、何となく彼女の言いたいことが分かった。それでも一応確かめるように聞く。

「……何で謝る？」

「っ…………わた…………わたしは…………坊地くんを見捨てた……から」

やっぱりそういうことか。

十時とは一年の頃から同じクラスだった。彼女はとても気立てが良く、変に着飾ったりしないし、またルックスも良いので男女ともに人気の生徒である。

俺みたいなどこにでもいるような男子にも、笑顔で話しかけてくれる優しい女の子だ。

入学してから男子に告白された件数もかなりのものだと聞いたことがある。

真面目《まじめ》だし、話しかけやすいし、俺も一年の頃はコイツとも笑顔で会話をしていた記憶があった。何度かクラスの連中と一緒にではあるが、カラオケにも行ったことがある。

つまり普通程度に仲の良いクラスメイトといった感じだろうか。

しかし二年に上がり、彼女の態度は一変した。

厳密に言うと、彼女だけじゃなく周りすべての人間が、だが。

「見捨てた……ね。別にしょうがねえだろ。誰だって王坂を敵に回すのは怖いだろうしな」

それが人間の弱さであり、自衛手段だ。別におかしいことはないし、当然の行動である。

誰だって俺みたいにイジメられたくはないだろう。そもそも今まで王坂のイジメに耐えてこられた生徒は俺だけで、他の連中はこぞって退学か転校している。

「でもっ！　……でも…………やっちゃいけないことだった」

「何だよ、後悔《こうかい》してんのか？」

「…………」

「あのな、俺がお前にいつ助けを求めた？」

「え？」

「俺が誰かに助けてくれって言ったか？　言ってねえよな？　それなのに俺を助けられなくて後悔してる？　自惚《うぬぼ》れんなよ、十時」

「坊地……くん」

「確かに俺は執拗《しつよう》に毎日毎日、あの王坂にイジメられてた。けど俺は一度も誰かに救いなんか求めなかったし、王坂にも屈しなかった。俺は一人でも十分戦えていたんだよ」

実際にあのまま高校生活を送る覚悟はあった。

あんなクソ野郎に負けて逃げるなんて俺の美学に反していたから。

王坂に教えてやりたかったんだ。お前でも勝てない相手がいるってことを。

「だから勝手に俺を哀れんでんじゃねえぞ」

「でも……それでも坊地くんを見捨てたのは変わりないよ！　一年の頃、坊地くんはわたしが困ってる時は助けてくれた！　ううん、わたしだけじゃない！　他の人が困ってたらいつも率《そっ》先《せん》して手を貸してたよ！　わたしそれいつも見てた！」

ええ……そんな恥ずかしいの見てたのかよ。

あまりそういうことを公言しないでほしいんだが。

「それなのにみんなみんな！　私だって……王坂くんが怖くて………目を逸《そ》らしちゃった。恩を……仇《あだ》で返したのと同じだよ」

「だから気にすんなって言ってんだろ」

「気にするよっ！」

「！　………」

コイツがここまで熱い奴だとは思わなかった。ちょっとキツイことを言えば押し黙るものだとばかり……。

「……でもそうだね。これは坊地くんの言う通り、多分自己満足。謝って楽になりたいっていうワガママ……なんだと思う」

「だったらもうこれでいいだろうが。謝罪を受けた。それでもう終わりだ」

「終わり………」

「んだよ？　それ以上懺悔《ざんげ》したけりゃ教会にでも行け。いいか、俺はお前には何も期待してねえし、一年の頃みたいに接しようとも思わん」

「!?」

「ま、お前だけじゃねえけどな。俺はもう人間には期待してねえし。これで……終わりなんだよ。それに世界がこんなことになっちまったんだ。今日は偶然だったが、もう会うこともねえだろうしな」

「っ………」

「お前ももう俺のことなんか忘れちまえ。その方が気楽に生きることができるぞ」

「……こんな状況でも、坊地くんは優しいんだね」

「……は？　お前、頭大丈夫か？」

するとそこへ大声を出した十時を心配したのか、ソルを抱いたまひなちゃんが近づいてきた。

「ケンカしてゆの？　おねえちゃん？　おにいちゃん？」

あーもう、こういうところをガキには見せたくねえってのに。

「悪いな、まひなちゃん。そろそろ俺も家に帰るわ。――ソル」

ソルがまひなちゃんの腕の中から俺の肩へと戻ってきた。

「えぇー、もうあそべないの？」

「また今度な」

今度なんてあるわけがないが、俺はそう言いながらまひなちゃんの頭を撫《な》でた。

「……坊地くん」

「……もう一度だけ言う。俺のことは忘れろ。お前はその子と一緒に、これからどう生きていくかだけを考えるんだな」

「………ごめんね。ごめんっ…………なさい」

俺は彼女の涙声を背中で受け、そのまま公民館を出た。


俺は家に帰ると、自然と大きな溜息が漏《も》れ出た。

まさかあんな場所で十時に会うとは……。

学校に様子見に行った時に、何十人かが救出されていたから、その中にでもいたのだろう。

十時恋音。確かに一年の頃はクラスメイトとして仲良くしていたが、状況が変われば人も変わる。それはアイツも……俺もだ。

もう二度とアイツと関わることはないだろう。

ただ全員が俺を敵視、あるいは見捨てる中、最後まで俺に声をかけていたのは十時だけ。

王坂を怖がって、奴がいない時限定ではあるが、それでも俺を気にかけていたことは事実らしいので、一応無事だったのは素直に喜ばしいことだと思っておく。

もし王坂がいなかったら、もしかしたら今も繋《つな》がりは切れてなかっただろうが。

ま、今となっちゃどうでもいいことか。

「……ちょっと気分悪いし、こういう時は例のアレだな」

俺は《ボックス》から調理器具と食材を取り出す。

ただ今回使うのは――ファンタジー食材。

《オークの肉》、《姫恋芋《ひめこいいも》》をメインとした料理をするつもりだ。

肉に関しては、オークを倒した時に入手したもので、《姫恋芋》は〝ＳＨＯＰ〟で購入したもの。

こんなふうにこの世界にはない食材も売っているので、この数日は、たまに購入して調理し、食べているのだ。

見たこともない食材の調理方法などは、購入時の説明などを見て理解している。

普通の食材よりも、ファンタジー食材の方が高価なので、毎食というわけにはいかないが、たまにストレス解消も兼ねて豪勢に使うのだ。

しかも一般的な食材よりも美味《うま》く、調味料なども明らかにワンランク上で、料理人がいたら何が何でも手にしたい代物《しろもの》ばかりだろう。

「そうだなぁ。今日はハンバーグとマッシュポテト、それに豚汁でも作るか」

慣れた手つきで食材を調理していく俺。思わず鼻歌が出てしまう。

「お、美味《おい》しそうなニオイですぅ～」

「……よだれが出てるぞ、ソル」

「あ、すみませんですぅ！　じゅるる」

「ちゃんとお前の分も作ってやっから待ってろ」

「…………ご主人！」

「ん？　どうしたよ？」

「ソルもお手伝いしたいのですぅ！」

「は？　手伝い？　別にいいって」

「でもでもぉ！　ソルも何かお役に立ちたいのですよぉ！」

んなこといってもなぁ……コイツってばフクロウだし……。

調理中に毛が入ったりとかしたら台無しだ。それに人間のような器用な手足があるわけでもなくて……。

「ふむ……人間みたいな、か」

「ぷぅ？」

「ちょっと待ってろ。えっと確か……」

俺は《ショップ》スキルを使い、あるものを検索して購入した。

そしてそれを《ボックス》から取り出す。

「……箱、です？」

ソルは俺が手にしている箱を見て小首を傾《かし》げる。

箱を開けると、薬のような感じで梱包《こんぽう》されたものが出てきた。

パチッと、一粒取り出してソルに見せつける。

「こいつは《変身薬》っていう代物だ」

「へんしん……やく？」

「一粒服用すると六時間、自分の姿を好きなものへと変身させることができるんだよ」

無生物でも動物でも、そして別人としてでも。

「おぉ～！　……どういうことです？」

……分かってなかったのね。

「つまりこれを飲めば、お前もいろんなものに変身できるってことだ。……人間にもな」

「ぷぅ!?　だ、だだだだだったらソルもご主人みたいになれるですかぁ！」

「おうよ。ちなみに自分の意思で変身を解くことも可能らしいぞ。もっとも一度解いちまえば、さらに変身することはできないようだが」

一箱六粒入りで一万五千円と結構な値段はするが、応用も利《き》くし見返りは結構大きい。

「人間の姿の方が便利な時もあると思ってな。それに何だ……ちょっと見てみたい気もあるし。どうだ、使ってみるか？」

「使うです使うです使うですぅぅ～！」

コイツには薬に関しての怖さとかはないんだな。大物なのかただのおバカなのか……。

俺はソルに《変身薬》を飲ませてやる。

するとソルの全身が輝き出し、その光が徐々に大きく形作っていく。

そして光が収まるとそこには――――赤毛の幼女がいた。

「お、おお……！」

「ぷぅ？　……わぁ!?　人間の手！　足！　それに毛がないですぅ！」

自分の身体《からだ》の変貌ぶりを見て、驚愕《きょうがく》しているソル。

ドタドタと走り回りながら、部屋の姿見に映った自分に気づき、ジ～ッと見つめ始めた。

「これがソル……なのですかぁ？」

「あはは、ずいぶん可愛《かわい》らしくなったじゃねえか」

くりっとした大きな琥珀《こはく》色の瞳に、フワフワモコモコしてそうなボリュームのある赤い髪が床につくくらいに伸びている。また少し垂れた目が相まって愛らしい顔立ちを持つ。どこからどう見ても人間の子供にしか見えない。

「か、可愛いですか!?　ソルは可愛いのですか、ご主人！」

「おう、可愛い可愛い」

「ぷぅ～！　嬉しいのですよぉ～！」

突然ソルが抱きついてきたので「おっと」と、口にしながら受け止めた。

「こうしてご主人を抱きしめることもできるのですぅ！」

「はは、嬉しいのは良いが、変身した目的を忘れるなよ？」

「？　…………！　お料理!?」

「そういうこと。ほら、手伝ってくれるんだろ？」

「はいなのでーす！」

そうしてフクロウから幼女に化けたソルと一緒に調理の続きを行うことになった。

「じゃあこのひき肉をこねてもらおうかな」

真剣な顔でボウルに入れたハンバーグ用のひき肉をこねる姿を見ていると超和《なご》む。

人間の姿とはいえ、裏切らない存在だと分かっているから微笑《ほほえ》ましく見ることができる。

「んっしょ、んっしょ、んっしょ」

「はは、ほーらソル、鼻の頭についてるぞ？」

「ふぇ？　……あ、ほんとなのです」

肉片がちょこっとついているだけだが、とても可愛い。

そして俺もまた調理を進めていく。

ん～この豚汁、マジで美味《うま》そうだよなぁ。やっぱ食材が違うから余計にそう思うのか？

いつか《ドラゴンの肉》や《不死鳥米《ふしちょうまい》》などといったものも食してみたい。金に余裕ができて、何か記念な日が来たら購入しよう。

また他にも〝ＳＨＯＰ〟には調理器具も売っている。

これもまた普通ではなく、今回俺が使うのは《火溜《ひだ》め鉄板》といって、予《あらかじ》めこの鉄板に火をかけると、その火の熱を吸収し保存することができるのだ。

そうしていつでも使いたい時に、保存していた熱を発して調理に使用することが可能。

「……そういやソル、その状態でも火は噴けるのか？」

その解答はすぐに判明した。答え——噴ける。

幼女が火を噴く姿には、さすがに度肝《どぎも》を抜かれたが、これで鉄板も問題なく使用することができた。

こんな感じで、調理器具についても便利なものが豊富にあるので、俺はその気になれば、どこにいても最高の食材と調理器具を使って料理をすることができるのだ。

ソルと一緒に楽しく調理をし始め、そして——。

「——うし、これで完成だ！」

俺は食卓に並んだ料理を見ると、満足して頷《うなず》く。

今日も良い出来栄えだ。この香ばしいハンバーグのニオイや、豚汁のほのかに甘さを漂わせる香りに、思わず腹の虫が合唱し始める。

「ソルもよく頑張ったな」

「ぷぅ……でもこっちのハンバーグ、形が悪いのですぅ……」

それはソルが自分で作ったハンバーグだ。

「初めてにしては上出来だぞ。次はもっと上手《うま》くできるといいな」

「はいなのです！　次はご主人みたいに綺麗《きれい》に作るですよぉ！」

「うん、その意気だ。ほら、こっちはお前の分な」

「え？　でもこっちは綺麗な……ソルは自分が作ったのでいいのです」

「いいからこっちを食え」

小柄な身形《みなり》でも結構食う奴なので、大きな皿に俺が作ったハンバーグとマッシュポテト、そして鉢《はち》に豚汁を入れてやった。

「……いいのです？」

「ああ。お前に食べてもらいたくて作ったんだからな」

「！　じゃあもらうのですぅ！」

それに多少形が悪くても味付けは俺がしたんだからマズイわけがねえしな。

「んじゃ、いただきます」

「いっただきまーす！」

まずは当然ハンバーグだろう。《オークの肉》をミンチにして作ったから《オークバーグ》といったところだろうか。

箸《はし》で割ってみると、凄《すさ》まじいほどの肉汁が洪水のように溢《あふ》れ出てくる。

とにかく画力《えぢから》が凄《すご》い。見ているだけでご飯一杯はペロリといけそうだ。

「あーむ。んぐんぐ…………んん～っ！　んむぁいっ！」

普通の牛や豚を使ったものとはまた違う味わい深さがある。霜降《しもふ》り加減がオークの方が上のようで、この舌の上で蕩《とろ》けるような食感はたまらん。

噛《か》めば噛むほどに口いっぱいに旨《うま》みが広がっていく。

気づけばご飯をかっこみ、たった一口で茶碗《ちゃわん》のご飯を半分以上も食べてしまっていた。

「次はマッシュポテトだな。《姫恋芋》のポテンシャルを見せてもらおうか」

とはいっても作ってる途中にちょっと味見をしたから軽く分かってるんだが。

「う～ん、この滑らかさこそマッシュポテトだよなぁ。それにこの仄《ほの》かな甘さ。これで大学芋《だいがくいも》とか作ったらマジ最高っぽいな」

それがきっと《姫恋芋》が持つ甘みなのだろう。

まさにお姫様の淡い恋のような仄かな甘さが特徴とでもいうかのような芋である。

「ご主人！　ソルは！　ソルはですね！　この白いの好きなのですぅー！」

どうやらソルはマッシュポテトが大好物になったようだ。

「そんなに急いで食べなくても、おかわりは十分にある。それにほら、口回りが汚いぞ」

「ん……ぷはぁ。ありがとなのです、ご主人！」

口を拭いてやると、嬉しそうな顔をし、また料理を食べ始めた。

フォークやスプーンの使い方は変だし、また口回りを汚しているが、それはまあ仕方ないだろう。今後学んでいけばいい。

俺は次に豚汁を手にする。こちらも《オークの肉》を使っている。ただ他の野菜は冷蔵庫に保管されているものを使用した。

肉からも良い出汁《だし》が出ていて、飲めば身体が心から温まる美味《うま》さである。

煮込んだ肉は、またハンバーグと違って嚙み応えのある弾力を残し、豚肉特有の淡白《たんぱく》な味を伝えてきた。

そこそこに多く作った料理だったが、ものの一時間もしないうちに完食となったのであった。

「ぷぅ〜。やっぱりご主人の作ってくれるご飯は美味《おい》しいのですぅ〜」

「そりゃ良かった。今日はお前にも頑張ってもらったからな。そのご褒美《ほうび》だ。ほれ、まだデザートもあるが食うか？」

「食べるのですぅ！」

腹をパンパンに膨らませて横たわっていたくせに、まだデザートは食べるらしい。別腹《べつばら》とはよくいったものだ。

デザートは普通の食材で作ったプリンだが、ソルは美味そうにがっついている。

俺はその間に、冷蔵庫を開いて中身を確認した。

「これでほぼ食材や調味料は使い尽くしたかぁ」

電気が通っていないので、〝ＳＨＯＰ〟で購入した氷を入れて冷やしていた。

すっからかんになっている冷蔵庫を見て、これからは出来る限り食材は《ボックス》に入れておくようにする。

実は《ボックス》に入れておくと、腐らないし劣化もしないので保管場所としてはパーフェクトな場所なのだ。

ただどうやら《ボックス》には保管できる数に限りがあるので、あまり多く保管し続けるのは現実的ではない。どうしても必要なものだけを購入し保管しておかなければ。

「ご主人、明日はどうするです？」

「ん～ソルの実力も分かったし、特にこれといってすることはないかな」

でもずっと家にいるのも暇だ。ゲームや漫画をし続けるのも、あまりに自堕落《じだらく》過ぎて、すぐに飽きてしまいそうだし。

「…………となれば金集めにでも行くか」

「ぷぅ？」

「いや、明日も外に出掛けるか」

「はい！　お供致しますです！」

まだちょっと早いかもしれないが、金を集めるには他人を利用するのが一番手っ取り早い。

そのためにもいろいろ情報集めが必要になってくるので、明日はそれに当てようと思った。

ちなみに夜は、人間の姿で俺と一緒に寝たいとソルが言うので、幼女のワガママを聞いてやったのであった。

第三章 再生師

“SHOPSKILL”
sae areba
Dungeon ka sita
sekaidemo
rakusyou da

――翌日。

朝食の後、すぐに家から出てソルと一緒に街を歩き回っていた。

目的は――ダンジョン探しである。

昨日は公民館の方角に行って面倒なことに出くわしたので、真逆の方角で探索することにしたのだ。

すると、とある一軒家から、悲鳴を上げながら飛び出てくる男女二人組がいた。

もしかして、と思い、その男女に向かって、

「どうかしたんですか？」

と尋ねると、男が代表して真っ青な顔で、

「あ、あ、で、出たっ、出たんだよっ!?」

口ごもりながらそう答えた。

「出た？　何がです？」

「怪物だよ！　全身が緑色の気色の悪い怪物！」

どうやらゴブリンかそれに類似《るいじ》するモンスターだろう。

つまりコイツらの家が突然ダンジョン化したというわけだ。

これはいい。《コアの欠片《かけら》》もそうだが、金になるモンスター素材のゲットのチャンスである。

「それは大変でしたね？」

「はあ……まったくだよ。俺たちの家が……っ」

「そ、そうよ……ああもう、新築だっていうのに！」

女性の方も悔《くや》しそうに唇を震わせている。

新築か、これは都合が良い。ならなおさら奪い返したいはずだ。

「……なら俺が怪物たちをやっつけましょうか？」

「……はあ？　君が？　いや……できるわけないだろう？」

「大丈夫ですよ。前にもやっつけたことありますし」

「そうなのか!?」

「はい。それにモンスターを全部討伐《とうばつ》したら、その家は安全になるって噂《うわさ》もありますよ？」

「「それは本当!?」」

……食いついた。

「まあ、あくまでも噂ですけどね。どうです？　俺ならあなた方の家を取り戻すことができるんですけど」

「是非《ぜひ》！　是非お願いしたい！　せっかく建てた念願のマイホームだったんだ！」

「ええ、これからこの子も生まれて楽しく過ごしていく予定だったのに」

女の腹には少し膨れた様子が窺《うかが》える。なるほど妊婦だったか。ならなおさら安全な拠点が欲しいだろう。

「でも俺だって命がけですしね。相応の見返りを期待したいんですが」

「み、見返り？　……食べ物か？」

ここで金かと言わないところが、この世界の時代が変わった証拠だな。

「いえいえ、俺が欲しいのは——金です。あ、貴金属などの高価なものでもいいですよ」

「へ？　……金かい？　もうほとんどの店は機能してないし、金の価値もなくなりかけてるってのに？」

「確かに現状はそうです。でももしかしたら今後必要になるかもしれないじゃないですか」

「食料や衣服などの方が貴重だと思うけど……」

「いいんですよ。無駄になったらなったで。これは気まぐれみたいなもんですし。さあ、どうします？」

まあ俺にとっちゃどっちでもいい。上手《うま》く行けば金が手に入るし、ダメなら現状維持なだけだ。

「…………分かった。金くらい幾らでもやる！　家を取り戻してくれるならな！」

「……交渉成立ですね。じゃあ十分ほど待っててください」

「じゅ、十分？」

俺は目を丸くしながら聞いてきた男を無視し、足早に彼らのマイホームとやらに向かった。

前に侵入した家と規模はそう変わらない。恐らくだが、それほど強力なモンスターはいないと推測される。

そもそも強力なら、この程度の建物なんて軽く破壊しているだろうから。

一応《鑑定鏡》を使って鑑定し、下級ダンジョンであることと、モンスターの数が五体ということを確認しておく。

都合よく玄関が開きっ放しになっているので、俺は大胆《だいたん》にもそこから中へと入る。

すぐに左側に障子《しょうじ》があり、その奥の部屋にのそのそと動いている生物の気配を感じ取ったので、障子に小さな穴を開けて中を覗《のぞ》き見る。

――ゴブリンか。二体……いるな。ま、簡単にいけるだろう。

何といってもこっちにはソルがいるのだから……と、そう思ったが、俺もたまには戦闘経験を積んでおいた方が良いと思ったので、ソルには二階のモンスターを討伐してくるように指示を出した。

そして俺は素早く障子を開くと、一番近くにいたゴブリンの首を《キラーナイフ》で刈った。

よし、まず一匹！

だがそこで棚《たな》の上にいた何かが俺に向かって体当たりしてきた。

「ちっ⁉」

咄嗟《とっさ》に腕でガードし、その何かの正体を掴《つか》む。

スライムもいたのか⁉

棚の上にいたので気づかなかったみたいだ。しかし問題はない。

すぐにナイフで突き刺して殺し、背後から叫びながら駆け寄ってくるゴブリンのこん棒による攻撃を回避する。

そしてすぐさまゴブリンの腹にナイフを突き刺すと、その直後、ゴブリンが一瞬にして弾けたように光になって消失した。

「……今のは？」

これまで倒してきた連中とはまた違った消え方だった。

首を刈ったとしても、ほんの数秒ほどは、まだゴブリンは遺体としてその場に残るが、今のはナイフで刺した直後に消失したのである。

「……あ、そっか。今のが《即死効果》ってやつか」

《キラーナイフ》の特性だ。

たまに相手を即死させることができる。それが発動したのだろう。

「なるほどな。《即死効果》が発動した場合は、今みたいな感じになるのか。勉強になった」

俺はそうやって次々と室内を調べていき、遭遇《そうぐう》するモンスターを討伐しながら探索する。

やはり今度も二階が怪しいようで、案《あん》の定《じょう》、戻ってきたソルから、二回には骨でできた不気味なゴブリンがいたので倒したという報告を受けた。何それ、ちょっと見てみたかった。

骨ゴブリン（？）がいた部屋へソルに案内してもらうと、そこにはダンジョンコアらしきものが壁に埋め込まれていた。

俺はそれを《アシッドナイフ》で破壊し、これで任務完了となったのである。

「――おおっ！　ありがとう！　マジでありがとう！」

あの夫婦のもとに戻って事情を説明し、家の中に案内すると、真っ先に旦那《だんな》さんに手を握られ感謝された。

奥さんの方も、信じられないといった様子で室内を見回している。

「けどあんな怪物たちをよく倒せたね！　君は凄《すご》いよ！」

「はは、こう見えて昔武術をかじっていたんで」

真っ赤な嘘ですけどね。完全なアイテム頼りなんだなぁ、これが。

まあスキルだって俺の力なんだから、使えるものは使って悪いわけがない。だから俺は胸を張って俺の力だと言える。

「ところで例の報酬《ほうしゅう》の件ですが」

「……おお、そうだったね！　とはいってもこんな経験初めてで……相場はどれくらいなんだい？」

そういや相場ってもんを決めてなかったな。

実際家を守ったんだから、考えてみれば大金が発生してもおかしくはないが……。いやでもいきなり吹っ掛けてもどうだろうな。

「そうですね。俺もこの仕事をし始めてからまだあまり経ってないんで、今日は特別にこれくらいで」

そう言いながら人差し指を立てる。

「ん？　十万円かい？　そのくらいでいいの？」

……はい？　えと……最初ってこともあって、一万円のつもりだったんだけど。

「それとも百万かな？　あーちょっと待ってくれ。現金じゃないけど、最近自分のご褒美《ほうび》に買った腕時計があるんだ」

旦那さんはそう言うと、慌てて二階へと駆け上がり、すぐにまた戻ってきた。

その手には小さなトランクが抱えられている。

「僕はね、腕時計を集めるのが趣味でさ。ほら――」

「おお、これは凄い」

開かれたトランクの中には、十点もの高価そうな腕時計が収められていた。

俺は興味ないので詳しくないが、きっとこの場に出してくるのだから高額なのだろう。

「まったく、そんなもんに大金を注ぎ込むより、車とかの方が良いって言ってるのに」

奥さんは呆《あき》れたように溜息交じりで旦那さんを睨《にら》みつけている。

「何を言うんだよ！　これくらいが唯一の趣味なんだ！　誰に何と言われても止めないぞ！」

「はいはい。もう諦めてるからいいけど」

聞けば旦那さんは、小さいながらも会社の社長をしていたらしく、そこそこの金持ちなのだそうだ。この家も一括《いっかつ》の現金払いで購入したそうだ。

「確か高額なものなら何でも良かったんだよね？　どうだろうか？　これなら百万くらいは価値があると思うけど」

そう言って一つの腕時計を俺に手渡してきた。

とはいっても俺に腕時計の価値なんて分からない。

俺は手に取ってマジマジと見るフリをして、二人に見えないように《ボックス》の中に入れて、売却値を調べてみた。

すると驚くことに、百二十三万円で売却できることが分かったのだ。

すぐさま時計を《ボックス》から取り出す。

「いいですね。じゃあこれが報酬ってことで」

「おお！　もしかして君も時計好きかい！　いいよね時計！　特にロレックスはやっぱりカッコ良いしさぁ」

「ちょっとあんた、恩人さんが困ってるでしょうが」

「え？　あ、ご、ごめん！」

「いえいえ、こちらも満足のいく報酬をもらえましたので」

「どうせなら全部上げればいいのに、そんなもん」

「そ、それは殺生《せっしょう》だぞ！　これは僕の宝でもあるのに！」

などとイチャイチャしだしたので、俺は早々と立ち去ることにした。

夫婦には何度も礼を言われながら、俺はどこかでまた商売の相手にできそうだと思ったので、愛想よく会釈《えしゃく》をして家を出る。

そして少し離れたところで俺はクククと、思わず笑みが零《こぼ》れ出てしまう。

「ご主人？」

「ああ、悪い悪い。ちょっと思った以上の稼《かせ》ぎができたんでな」

まさかいきなり百万以上も稼ぐことができるとは思わなかった。

俺は速攻で腕時計を売却して、残金に加算しておく。他にも今回の戦いで手に入れた素材なども売る。

ただ《コアの欠片》だけは残しておくが。

これで残金は、再び一千万円代に戻った。だがまだまだ心許《こころもと》ない。もっともっと稼ぐ必要がある。

思った以上に、人助けは金になるようだ。

となれば、今後は金を持ってそうな者たちをターゲットにして、商売をする方が効率が良さそうだ。

もちろんさっきのように、ダンジョンを攻略する見返りを要求するのでもいいし、食料や役に立つアイテムなどを商品にするのも良い。

特にファンタジーアイテムは高額で取引できそうだ。ただ当然相手を選ばないといけないが。

俺のことが下手《へた》に広まると、厄介《やっかい》な連中が集まってくる可能性だって高い。

口が堅く、交渉ルールを守れるような金持ちがいたら最適だ。

「とはいってもそういう相手をどうやって探せばいいか……」

……いや、ちょっと待てよ。別に金持ちを選別しなくても良いかもしれないな。

俺が《ボックス》から取り出したのは――《変身薬》。

以前ソルを幼女に化けさせたファンタジーアイテムである。当然俺もこれで変身することができるのだ。

この薬を利用して素顔を隠せば、幾らその人物が有名になったとしても、また姿を変えることができるので追うことはできなくなるだろう。

これならたとえファンタジー商品を売る奇妙な商人がいるという噂《うわさ》が広まっても、坊地日呂《ぼうちひろ》に辿《たど》り着くのはほぼ不可能になる。

「じゃあとりあえず試しに一粒」

俺はある姿を思い描きながら服用すると、身体《からだ》が発光してその形態を変化させていく。

そして手鏡を取り出して確かめてみる。

「――おお！　マジで別人だ！　しかも声も変わってる！」

俺が変身したのはスーツ姿の四十代の渋い男性。身長も顔立ちも何もかもが坊地日呂と異なっている。声だって年相応に野太いものへと変化した。

「いいな。これなら多少目立つことをしても問題ねえぞ」

危ない時はまた姿を変えれば良いだけ。

「フフン、どうだソル？」

「何だかとってもダンディズムを感じるのですぅ！」

「おお、そっかそっか。ただ時間だけには気をつけなきゃな」

忘れていて、人前で変身が解けたら大事である。

俺は自分の腕時計に五時間半後にアラームがなるように設置しておく。残り三十分もあれば、さすがに対応することができるだろう。

「さて、では残り五時間五十八分。有効に活用させて頂こうかね」

ちょっと渋いダンディに成り切ってみたが、やっぱりちょっと恥ずかしい。

しかし時には女性や子供にも変身することもあるので、慣れておかなければならない。

そうして俺は、この姿で次なるターゲットを求め、有名な高級住宅街へと足を延ばすことにした。


閑静《かんせい》な住宅街へと辿り着いた俺は、どこかしらに悲鳴などが聞こえてこないか耳を澄ませながら歩いていた。

しかしなかなか上手《うま》くはいかないもので、時間は刻々と過ぎていく。

すでに二時間ほど、同じ場所をグルグルと回っているが、もし平時ならば完全に職務質問の対象になっていることだろう。

「家に誰もいないのか？」

ならもう忍び込んで怪盗に早変わりしてやろうか。

そんなことを思いながら、もう何周目か分からないくらいの道を歩いていた時、車が走ってくる音が聞こえ、思わず物陰に身を潜ませて様子を見た。

すると高級外車が悠々《ゆうゆう》と道路を突き進み、巨大な屋敷の門構えの前で停車し、門が自動的に開いたあとに、その中へと走り去っていく。

「すっげえデカイ家だな。金はあるところにはあるってことか」

多分一億や二億どころではない物件だろう。それこそ一桁《けた》は違う気がする。

ただ家などの建物そのものを《ボックス》に入れることはできない。できるなら勝手に奪って売却すれば一瞬で大金持ちだろうが。

ただ〝SHOP〟では普通に家も売っている。もちろん高いものは果てしなく高いが。

「う～ん、こういう家と何かしら商談ができればいいんだがなぁ」

それを解決して莫大《ばくだい》な報酬を得る。目的はこれだ。

ただこれだけの金持ちとなると、食料だって溜め込んでいる可能性もあるし、ダンジョン化しない限りは、そうそう困ることはないかもしれない。

やろうと思えば自給自足だってできるだろうしな。

するとまた門が開き、そこから車が出てくる。

その時、俺は見た。

扉の奥で車を見送っていた――車椅子《くるまいす》に乗った少女の姿を。年の頃は中学生くらいだろうか。使用人らしき者を付き従え、車に向かって手を振っていた。

恐らくはこの家の娘だろうが、俺はそんなことよりも金のニオイを感じ取りほくそ笑む。

「……少し調べてみるか」

俺は《ボックス》の中から、予《あらかじ》め購入しておいたクーラーボックスを取り出す。

ソルには少し離れていてもらい、件《くだん》の大豪邸ではなく、近所にある家に向かってインターホンを押す。表札を見ると石橋《いしばし》というお宅らしい。

やはり誰も出ないかと思われたが、インターホンから「はい？」と女性の声がした。

「あ、すみません。わたくし食材の訪問販売をさせて頂いております海馬《かいば》と申します。少しお時間よろしいでしょうか？」

「え？　食材の……何ですか？」

「食材の訪問販売です」

「……ちょっと待っててください」

俺は言われた通りに待っていると、玄関口から四十代ほどの女性が出てきた。その傍には夫なのか、男性の姿もある。

「初めまして。先程も申し上げました通り、食材の訪問販売をさせて頂いております海馬と申します」

「は、はあ……その、食材の訪問販売とは？」

男性が代表して聞いてくる。明らかに警戒はしている。無理もない。こんな時代に、わざわざ食材を売っているのだから。しかし信用を得るには、こうして会って話すしかない。

「よろしければ、まずは見て頂けたら嬉しいのですが。よろしいですか？」

「その箱の中に？」

「はい。では……」

俺はクーラーボックスを、おもむろに開く。

その中には、魚や肉などの食材が大量に詰め込まれてある。

「確かに食材のようだが……これを売っているんですか？　失礼ですが、ご自分で食される方が良いかと思いますが」

「ごもっともなご意見です。実はわたくし、幾つもの食品会社にコネクションがございまして、加工前の肉や魚などを仕入れてはこうして訪問販売をさせて頂いております。理由と致しましては――ただのお金儲《もう》けにございます」

「か、金儲けだって？」

当然驚くよな。でもここからだ。

「現状、貨幣《かへい》価値というものはどん底にまで下がっております。無価値にすら等しいやもしれません。しかしわたくしはいずれまた日本は……いえ、世界は再び経済を復興させ、以前のような貨幣価値が戻ると信じているのです」

「それは……でも……」

「無論そうならない可能性もございますが、戻る可能性もまた捨て切れないでございましょう」

俺の言うことに少しでも一理あると思ったら反論はできないだろう。何せどんなことだって可能性が０とは言えないのだから。

ただ俺自身、経済が復興するとは思っていないが。

「その日のために、手元には多くの資金を残しておこうと思い、この商売をさせて頂いている所存でございます。まあ、もう一つの理由としては、わたくし一人では有り余る食材を腐らせてしまいますので、せっかくだからお金儲けに利用しようということですがね、ハッハッハ」

何このキャラ……って思いながら、少し冷や汗をかいてしまう。

少しの沈黙が流れる。

やっぱかなり胡散臭《うさんくさ》かったか……？

「………じゃあこの食材、金を払えば譲《ゆず》ってくれると？」

「はい。現金でなくとも、相応の貴金属や高価な代物《しろもの》ならば物々交換でも構いません」

「なるほど……確かに手元に食材が豊富にあれば良い商売になる手法だ。ただ……リスクは大きいが」

その通り。経済が元に戻る保証なんてどこにもない。このまま終末に向かえば、この商売は一瞬にして無価値へ……いや、とてつもないマイナスへと変わる。

ハッキリ言ってバカげた行為であろう。しかしだからこそ、食材を欲する者たちは、そんなバカな俺を利用しようとしてくるはず。

どうせ不必要な金だ。それを対価に食材が手に入るならと誰もが動く。

「ちょっとその食材を手に取って見てもいいかしら？」

そこで今まで黙っていた女性が話しかけてきたので、俺は「どうぞ」と許可を出す。

「……どれもこれも新鮮そうね。悪いところなんて見当たらないわ。こんな上質なもの、今じゃそう手にできないわよ」

「それはお客様に販売させて頂くのですから最上の物を用意するのは当たり前でございます」

「……米はないのかな？」

やはり日本人。米は欠かしたくない食料だろう。

「ございますよ。すぐにお持ちすることも可能です」

「……何キロ用意できるんだい？」

「今すぐとなれば三十キロほどなら」

「おお！　そうか！　ちょうど米が切れるところだったんだ！　買っていいか、お前」

「ええ、そうね。この食材たちを見る限り、まともな販売員さんのようですし」

……やはりこの商売はいける。金になる。それを確信した。

「では買い取って頂けるということでよろしいですか？」

「ああ、実のところ困っていたところなんだよ。うちには子供が結構いてね。食べ盛りだし。一応私も伝手《つて》があって、そこから食材を仕入れていたが、それも大分厳しくなっていたところだったんだ。良ければ定期購入を頼みたいのだが」

「もちろんでございます。しかしこちらも商売なので」

「分かっている。金なら幾らでも用意しよう」

「ありがとうございます。ではお米を用意して、再び参りますので少々お待ちくださいませ」

俺はそう言って、十分後にまた来ることを約束してその場を離れた。

そして三十キロ分の米袋を購入し、それを段ボール箱一つに詰め、元々持っていたクーラーボックスと一緒に、《ボックス》から出した台車に載せて、十分後に再度石橋家へ向かう。

インターホンを押すと、今度は夫婦と一緒に四人の子供が出てきた。

「お待たせ致しました。こちらがお米三十キロ分になります」

奥さんが段ボール箱を開いて中を見て笑顔になる。子供たちもクーラーボックスの中に、美味《うま》そうな肉や魚があることを知って喜々とした表情を浮かべていた。

「本当にこれだけの米が……しかも魚沼《うおぬま》産の高級米じゃないか。そういえば幾らだね？」

俺が購入した米は、十キロで約一万円。その三倍以上は頂くつもりだ。

「お米は三十キロ分で十万円。こちらの食材は——初回は無料ということで構いません」

「!?　無料でいいのかい！」

旦那《だんな》さんだけじゃなく、子供たちも感動気に「お～！」と目を丸くしている。

「ただし次からはもちろん頂きますが」

「う、うむ！　それでいい。本当に現金でいいんだね？」

俺は旦那さんから現金十万円を手渡しで受け取った。

実際これでも十分にプラスになっている。肉は《オーク肉》だし、魚だってそんなに高くない。

とにかく俺の食材を気に入ってもらって信頼を勝ち取ることが第一だ。

子供たちが家の中へ食材を運んでいく。

「いやぁ、本当に助かるよ。そうだな……次は一週間後にお願いできるかい？」

「では一週間後の、同じ時間帯でよろしいですか？」

「ああ、是非《ぜひ》頼む」

「了解しました。ああ、あと日用品や雑貨なども扱っておりますので、何か物入りがございましたらお申しつけを。できる限りご用意させて頂きますので」

「本当かい！　それは助かる！」

「ええ、本当に。今じゃお店に行ってもシャンプーや石鹸《せっけん》も買えないから」

奥さんがホッとした様子で声に出す。

「もちろんそういったものもご用意できますので」

さて、ここからが本番だ。

「そういえば向かいにある家ですが」

「向かい？　ああ、福沢《ふくざわ》さんのお宅かい？」

これはまた裕福そうな名前だこと。

「ええ。通りかかった時に、あの大きな門が開いて、その奥に車椅子《くるまいす》に乗った子供が見えたのですが……足が不自由なんですかね？」

「ああ……実は九歳の頃に事故に遭《あ》って下半身が麻痺《まひ》したそうだよ」

麻痺……なるほど。

「治る見込みはあるんでしょうか？」

「さあ……けれどもうあれから五年……いまだに動かないところを見ると、難しいかもねぇ」

「あそこの奥さんも、どんなに嘆《なげ》かれたことか。それに旦那さんは、今でも有能なお医者様を探し回ってらっしゃるらしいわね」

良い情報だ。つまり子供の障害を取り除ける医者がまだ現れていない。

そんな子供を救うことができたら、その見返りは莫大《ばくだい》なものになるはずだ。

もちろん俺には医術の心得なんか一つもない。精々《せいぜい》心臓マッサージや人工呼吸くらいの知識くらいだ。

しかし俺には、ファンタジーアイテムという常識を覆《くつがえ》してしまう強い味方がいる。その中には、どんな病や傷をも癒《いや》す薬だって存在するのだ。

俺は思わず込み上げてくる笑いを噛《か》み殺しながら、石橋家の者たちに、福沢家に関した他の情報も聞き出したあと、挨拶《あいさつ》をしてその場をあとにした。

「さて、あとはどう福沢家とコンタクトを取るか。訪問販売として尋ねてもいいが、この規模の家だし、食材関連じゃ門前払いされるかもなぁ」

　さっき作った俺のキャラじゃないが、多くのコネクションも持っていそうだし、怪しい訪問販売員に頼るほど困っていなさそうだ。

　ならここは素直に医者として……いやいや、どこの誰が医療訪問なんてやってんだ。

「待てよ……逆に不自然過ぎて興味が湧く……か？」

　幸い福沢家の主人は、子供を治すために日夜奔走《ほんそう》しているとのこと。

　どんな些細《ささい》な情報でも縋《すが》りつきたいと考えているのだろう。

　となれば、たとえ胡散臭《うさんくさ》くても試しに話くらいは……という流れになってもおかしくないかもしれない。

　ただやはり信用できないと袖《そで》にされる可能性の方が高い。

「難しいな……父親が俺に頼りたいって思わせる方法があれば……」

　確か聞いた話によると、福沢家の主人もまた医者で、大病院の教授を務めているらしい。

　子供は三人いて、長男もまた同じ病院に勤めるエリート医師で、母親と長女は看護師をしているような医療系一家というわけだ。

　その中で、まだ十四歳の末っ子は、事故の後遺症で下半身が麻痺してしまった。

　その子の名前は福沢環奈《かんな》といって、何でも将来の夢はなでしこジャパンでも活躍できるサッカー選手になることだという。医者じゃないってところは面白い。

しかし下半身が麻痺した以上、彼女の将来に対する選択肢《し》は否応《いやおう》なく狭まってしまった。

今は明るさを取り戻しているが、事故当時は部屋に引きこもってずっと泣いていたという。

そんな環奈を見ていられず、少しでも歩けるようにしてやりたいと、父親はすべての伝手を使って有効な治療法を今も探しているらしい。

ただ現代の医学では不可能とされていて、ほぼ絶望的な状態でもある。

またこんな世の中になってしまったことから、医者たちも大忙しで、たった一人の少女だけのために時間を費《つい》やすことができないのだろう。

「そういや石橋の奥さん、こんなことも言ってたか……」

福沢家の旦那さんは、とてもよく出来た人で、避難場所に設定されているところへ出向いては、そこに身を寄せる怪我人《けがにん》や病人などを無料で診察してあげているという。

自分の娘だけじゃなく、そうして他人にまで手を差し伸べる姿に、『白ひげ先生』として慕《した》われている。

これは医師なら誰もが知っているであろう、山本周五郎《やまもとしゅうごろう》の名作から生まれた、江戸時代に生きた医者——『赤ひげ』から取ったものだ。

主人公——赤ひげは、凄《すさ》まじい貧困の中で病に喘《あえ》ぐ人々に対し、病気だけを診《み》るのじゃなく、その背景にある人間模様や社会の病巣まで見据えて、医師として、そして人としても最善を尽くす素晴らしい人格者なのだ。

この住宅街に住む人々もまた、何かあれば福沢家の主人を頼るほど信頼されている。

「世の中には、それこそ創作物語にしかいないような良い人ってのはいるんだな」

俺や学校の連中とは真逆の存在だろう。

もしそんな人が俺のクラスにいたらどうだったろうか……。

そんなifを考えたって仕方がないが、仮に『赤ひげ』のような人物がいたら、きっと何かが変わっていたような気がする。

とまあ、福沢家の主人についての情報を洗い流してみたが……さて。

「……避難場所の見回《のうり》り……か。これは使えるかもな」

俺はある考えが脳裏に過《よぎ》り、それを実行しようと動き出したのである。

※

座り慣れた車の後部座席にゆったりと腰を落ち着かせ、今日も成果はなかったかと大きく溜息を吐いた。

「……最近、お疲れのようでございますが」

いつも運転を頼んでいるドライバー兼使用人である佐々木《ささき》が、バックミラー越しに私を見て不安そうな声音《こわね》で話しかけてきた。

「いや、大丈夫だ」

「しかし連日、病院回りにボランティア活動と、精力的に働き過ぎではないかと。顔色もお悪いですし、少しお休みをとられた方がよろしいのでは？」

「それはできん。こんな世の中になって、多くの怪我人や病人が増えてきている。私の力で助けられるのなら助けたい。それに……病院を回っているのも下心あってのことだ」

「……お嬢様の件でございますね」

そう、我が娘――環奈のことだ。

あの子はとても不憫《ふびん》な子である。あのような悲劇に見舞われて、自身が望んでいた将来を奪われるなんて理不尽過ぎる。

あれから五年。多くの医者や専門家に治療に関する意見を聞いてきたが、どれも芳《かんば》しくないものばかり。

環奈はよく笑い、家の手伝いも率先《そっせん》して行うような素直で可愛《かわい》い子だった。

そして将来性に溢《あふ》れ、大きな夢まで持っていたのである。

それを一瞬にして失った。そのショックなど、同じ経験をした者にしか分からないだろう。

事件当初は、毎日毎日部屋の中で泣きじゃくり、私たち家族すらも近づけさせてはくれなかった。

そこで私は、せめて人間以外なら心を開いてくれるのではと、ミニチュアダックスフントを買い与えた。

それは功を奏し、徐々にペットである風太《ふうた》のお蔭《かげ》で、少しずつだが私たちとも話してくれるようになったのである。

そして現在では、外にも出て私の出迎えすらしてくれるようになった。

笑顔も見せてくれるが、やはり時折物悲しそうな表情をすることがある。いまだ彼女に刻まれた心の傷は深いのだろう。

無理もない。まだ僅《わず》か十四歳なのだ。遊び盛りだし、自分の足で歩いたり走ったりしたいはずである。

せめて努力の甲斐《かい》があるような手法が見つかれば……。

どうにか走れないまでも、歩けるようになってくれればいいのだが……。

そう思い、私は毎日多くの人と会い、その度《たび》に腕の良い医者の話や、病に詳しい専門家、そして薬物関係の情報などを聞いて回っているのだ。

確かに毎日忙しい。時には目眩《めまい》で倒れそうになることもある。

しかしそのすべてが、娘の笑顔に通じていると思えば、この程度のことなど苦労とは呼べない。

「……ああ、最後にあそこに寄ってくれないか？」

「まだお仕事をなさるおつもりなのですね？」

「頼むよ。最近、あそこに避難した子供の一人が高熱を出しただろ？　ただの風邪《かぜ》だとは思うが、今日も確認しておきたい」

「本当に……旦那様は『赤ひげ』でいらっしゃる」

「はは、私はそんな立派なものではないよ。ただ……自分がしたいと思うことをしているだけさ」

私は人間が好きなのだろう。いや、人間だけじゃなく生きているものすべてが好きだ。

命とは、ただそこにあるだけで素晴らしいもので、できればどの命にも最高に輝いた人生を送ってほしい。

だからこそ理不尽な死や病気が憎い。問答無用で人生を絶望たらしめるから。

私にできることは小さいが、それでも少しだけでもその人の人生を豊かにできれば嬉しい。

そう思い、私は医者になったのである。

「旦那様、例の幼稚園に到着致しました」

「ああ、では少し行ってくる」

「お気をつけて、行ってらっしゃいませ」

私は佐々木に見送られながら、【ききょう幼稚園】へと足を踏み入れた。

もう夜なので静かなものだが、ここには多くの子供や、その保護者たちが身を寄せている。

そのほとんどは、家にモンスターが出現して帰れなくなった者たちだ。

幸いこの幼稚園にはモンスターがいないし、それなりに広いということで避難場所として開放しているのである。

ただまだ小さい子供たちが多く、熱を出したり怪我をしたりする回数もまた多い。

だからこうして適度に見回り、子供たちや保護者が無事か確かめているのだ。

私が玄関を開けると、ちょうど園長さんが近くで作業していたようで、

「あら、先生！　こんばんは！　今日も来てくださったんですね！」

「ええ、お邪魔ではないでしょうか？」

「もちろん！　みんなー、『白ひげ先生』が来ましたよー！」

園長先生がそう声を上げると、ドタドタドタと勢いよく小柄な者たちが駆け寄ってきた。

「わーしろひげせんせーだ！」

「こんばんはー！」

「わーいわーい、せんせーがきたぁ！」

などと子供たちが抱きついてきた。

「あっはっは、うんうん、みんな元気そうだな」

ここへ来ると、日々の疲れが吹き飛ぶような気がする。

やはり子供たちの無邪気な笑顔は何よりの癒《いや》しだ。

まだ環奈が幼児だった時も、この幼稚園で世話になっていた。だからこそ、ここの幼稚園は

ずっと平和であり続けてほしいと願う。

「そういえば涼介《りょうすけ》くんはどうですか？　あれから熱は下がりましたかな？」

私はしがみついてきている子供たちの頭を撫《な》でながら園長さんに聞く。

「あっ、それがですね！　もうすっごいんですよ！」

「え？　凄《すご》い？　何がですか？」

「実はですね、今日の夕方頃に涼介くんがまた高熱を出して大変だったんです」

「それは……涼介くんは無事なんですか？」

高熱と聞いて表情が強張《こわば》ってしまう。やはりただの風邪ではなかったのかもしれない。

「はい。今は……って噂《うわさ》をすれば」

部屋の奥からヒョコッと顔を出した少年こそ、件《くだん》の涼介くんだった。

彼は私の姿を見ると、元気よく駆け寄ってくる。

「こんばんはー、しろひげせんせー！」

「あ、ああ、こんばんは。……涼介くん、もう身体《からだ》は大丈夫なのかい？」

「うん！　もうげんきー！　ごはんもい～っぱいたべたよ！」

「ご飯もいっぱい？　……病み上がりなのに、そんなに食事を？」

「あーそれがですね、もう本当に完治したというか、治ってすぐに走り回れるようになったんですよ」

……それはおかしい。どんな病だって、すぐに治るということはありえない。

しかも夕方に高熱が出たのに、まだ数時間しか経っていない状況で、子供が食事をたくさんとれるわけがないのだ。

「涼介くん、ちょっとお顔見せてね」

そう言って、慎重に彼を診察していく。

目の色も舌の色も通常。熱だって平熱だ。

「涼介くん、どこか痛いところはない？」

「うん、ないよー！　ほらみてー！」

涼介くんが、子供たちと一緒になって走り回る。無理をしている様子はない。

……益々意味が分からない。大人でも高熱が下がってすぐに動けるだろうか。動けたとしても、こんなケロッとした感じで走り回れるか？

いや、絶対に無理だ。身体を鍛えているスポーツ選手でも、数日間寝込んでいて、こんな動きはできるわけがない。

一体涼介くんに何があったんだ……？

「やっぱり不思議ですよね。でもある人が、涼介くんを治してくれたんですよ。そのあとはもうこんなに元気で」

「ある人？　……治す？　その方は今おられるんでしょうか？」

「あ、それが涼介くんを治したらすぐに出て行かれて。一応明日のお昼ごろに、様子を見に来ると仰《おつしや》ってましたけど」

「……明日のお昼ですか」

私は今もなお、はしゃぎ回る涼介くんを見つめる。

子供……特に幼児は回復力が凄まじい。とはいっても、さすがに信じられない回復力だ。稀《まれ》にだが数時間で高熱から回復し、走り回る子供が現れることもある。

ただそれは薬に頼らず、自然治癒《ちゆ》したという事例。何でも食あたりのような症状で、便を出したらすぐに回復したといったもの。これも奇跡に近い事例ではある。

しかし涼介くんの場合は、数日間寝込むほどの症例だ。今日もまた高熱が出るようなら、さすがに病院へ連れて行って治療しなければと思っていたところ。

そして彼は懸念《けねん》通り夕方に高熱を出した。つまりただの風邪ではなく、もう少し厄介《やつかい》な病を抱えていたことになる。

それを一瞬で治し、こんなすぐに元気に走り回れるようにした？

そんなことができる医者なんて私は知らない。たとえ特効薬があっても、一日は安静にしなければならないはずだ。何故なら体力だって回復し切っていないから。

じゃあその人物は、涼介くんの体力まで回復させたというのか？　……何の冗談だ？

満身創痍《まんしんそうい》になった身体なんて一瞬で回復などできない。そんな薬なんて存在しない。あればノーベル賞ものだ。

一瞬麻薬や危険薬を服用させたのではと焦ったが、涼介くんが元気になってすでに三時間程度は経っているらしい。

もしそのような薬を使ったのなら、必ずといっていいほど副作用が出ているはず。

だが涼介くんにその兆候は一切見当たらない。

「あ、あの先生？」

「え？」

「どうかされましたか？　涼介くんが何か？　まさかまだ治ってないんですか！」

「ああいえ、見たところ問題ないと思います。ただ涼介くんを治したという人物のことが気になって」

「そうですか……良かったぁ。涼介くんを治してくれた人は、とても優しそうな若い男性でしたよ？」

「若い……男性」

「はい。子供たちとも遊んでくれて。ただお医者さんというわけではないそうです」

「医者じゃ……ない？」

「初めて聞くような職業を仰ってましたね」

「どんな職業です？」

「確か――『再生師』と」

私は家に帰ると、すぐに【ききょう幼稚園】で耳にした『再生師』というのを本などで調べてみた。

しかし私が持っている広辞苑《こうじえん》でもそのような言葉は載っていなかった。

こういう時、ネットが使えればありがたいのだが、残念ながらアナログに頼るしかない。

「再生……簡単に言うと、再びまともな状態へと戻すことだとは思うが……！」

確かに涼介くんの復活ぶりは、まさしく再生されたような驚きがあった。

しかし『再生師』などという職業など聞いたことはないし、そのようなことができる人間が果たしているものか。

いや、実際に涼介くんという事例がある以上は認めるしかないのだが。

だがこれでも医学に携《たずさ》わる理系の人間として、理論で説明できないものはやはり疑わしく思ってしまう。

「ふぅ～ダメだな。やはり私が持っている資料では何一つ分からん。……『再生師』か」

するとそこへノックがしたので返事をすると、向こうから可愛《かわい》らしい声音《こわね》が聞こえてきた。

「パパ、入ってもいい？」

「おお、環奈か。いいよ」

我が家の天使がお目見えだ。

十四歳とは思えないほど小柄で、本人はコンプレックスのようだが、私たち家族はそれがとても愛らしくて実に良いと思っている。

「まだ寝ていなかったのかい？」

「うん、パパにはおやすみって言いたいから」

ああ、何て健気《けなげ》な子なんだ。

「今日ね、四宮《しのみや》さんと一緒に庭を散歩してたら、池の周りに鳥がいたんだよ」

「ほう、鳥？」

ちなみに四宮というのは、この子に専属としてつけている使用人だ。

「うん、それがね、フクロウなの！」

「え……フ、フクロウ？　それはまた……珍しいけど、どこかから逃げ出してきたのか」

ペットとして飼っていたが、餌代《えさ》に困って外に放ったと考えられる。

「すっごく人懐っこい子だったよ？　私の頭くらい？　の小ささだったし」

「そうか。でもできれば野生の動物には滅多《めった》に近づいてはならないからね」

「うん。……パパ、いつもね……その、ありがとう」

「い、いきなりどうしたんだい？」

「……知ってるから。パパが私の足を治すために、朝早くから夜遅くまで頑張ってくれてるの」

「環奈……」

「私ね！　車椅子《くるまいす》生活でもいいんだよ？　もう慣れてるし、それに世界がこんなことになったんだもん。歩けたって……簡単に外にも出られないし……だから……だからね……っ!?」

私は気づいたら環奈を抱きしめていた。

「……パパ？」

「環奈……我慢しなくてもいいんだ。やりたいことくらい口にしたっていいんだ。親にワガママ言っていいんだ。それが子供の特権なんだから」

「パパ……でも……でもぉ……パパ、いつも大変そうで……寝てなくて……それでも仕事して……私……のため……に……っ」

震え出す環奈の身体を抱きしめながら、その小さな頭を撫でてやる。

「必ず……必ずパパがまた歩けるようにしてやる。だからもう少しだけ待っててほしい」

泣きつかれてそのまま寝てしまった環奈を、彼女の自室まで送り届け、ベッドに寝かせてやってから、私は再度自分の部屋へと戻った。

そして思わず、バンッとテーブルを両手で叩いてしまった。

くっ、あの子が一体何をしたというのか……っ！

神よ……どうせならこの私に、あの子の重荷を背負わせてくれたら良かったものを……！

再び、あの子の足が動く奇跡よ起きろ！

そう……再び――っ!?

「……再生……」

思わず口にした言葉。そうだ、再生とは失った機能を復活させるという意味もある。

無論全面的に信頼はできない。

今まで名のある権威たちにも解決できなかった障害なのだ。

名も知れぬ若造に、その障害を取り除くことなどできないと、普通は考えてしまう。

しかし……もしかしてと思う。

その人物ならば、あの子の輝きを取り戻してくれるのでは、と。

「……確か明日の昼に幼稚園だったな」

私は彼の『再生師』と名乗る若者に会う決意をしたのであった。

※

――翌日。

時刻は午前十一時。俺は早めの昼食を済ませると、すぐに家からある目的地へ向かって歩き出した。

行先は――【ききょう幼稚園】。

ちなみに今日のいでたちは、昨日のダンディな訪問販売員ではなく、二十代前半ほどに見える若きイケメン俳優みたいな姿をしている。

眼鏡《めがね》をつけ、知的さと清潔感を漂わせるルックスではあるが、どこか陰を帯びているかのような油断のならない鋭さを感じさせる男性だ。背中にリュックを背負っている。

傍にソルはいない。念のために、昨日の夕方前頃から福沢家へ向かってもらっているからだ。

理由としては、せっかくの大口な顧客《こきゃく》に成り得る家が、ダンジョン化してしまった時の対処のためである。

少なくとも福沢環奈さえ守り通せば、交渉できる余地があるからだ。しかし彼女が死んでしまったら元も子もない。

だからソルには、彼女の傍にいて守ってほしいと伝えた。やり方はソルに任せている。

そして俺は約一時間ほどかけて、【ききょう幼稚園】へと辿《たど》り着いた。

昨日も訪れた場所なので、そうそう緊張はしていない。

ただ幼稚園の前に停まっている車を見て、思わず笑みが零《こぼ》れた。

――釣れた。

その言葉が脳裏《のうり》に浮かぶ。この車は見覚えがあった。

そうだ。あの福沢家を出入りしていた高級車である。

それがここに停まっているということは、俺の目論見《もくろみ》通りの流れになっている証拠。

俺は意を決して幼稚園の中へと入って行く。

するとちょうど、敷地内を箒《ほうき》で掃《は》いていた女性がいたので、その人に声を掛ける。

「すみません、園長先生はおられるでしょうか？」

「え？　あ……あなたは確か昨日来られた？」

「はい――鳥本《とりもと》と申します。涼介くんの具合を確かめに参りました」

「分かりました。ではこちらに来てください」

俺は案内のままに、建物内へと入って行く。

そして女性が園長を呼びに行ってくるまで、俺は玄関で待機することになった。

するとすぐに園長が出てくるが、その傍には見知らぬ男性がいる。

……間違いない、この人が――。

優しそうな、少し恰幅《かっぷく》の良い男性。聞いた外見と一致する。

この男こそが――福沢家の主人である福沢丈一郎《じょういちろう》だ。

「これはこれは、お待ちしておりました鳥本さん」

「いえ、園長先生。昨日は突然お邪魔してすみませんでした」

昨日、俺はここで飲み水を少し分けてもらえないかという理由で立ち寄ったのだ。

門前払いされたらそこまでだったが、快《こころよ》く迎え入れてくれて、水を一杯ご馳走《ちそう》になった。

そして俺はお礼にと、怪我や病で困っている人はいないか尋ねたところ、件《くだん》の涼介くんが高熱で寝込んでいるという話を聞いて、これを利用できると踏んだ。

一件目でスムーズに事が運べそうで、俺は多少強引にでも涼介くんを治せる手段があると言って、彼と会わせてもらうことができた。

俺はある手段で涼介くんを治すと、当初の予定通り、その場にいる者たちに『再生師』と名乗って、また今日の昼に様子を見に来るといって帰ったのだ。

この幼稚園には、度々福沢丈一郎さんが顔を見せていることは調べがついていた。

俺がここに出入りし、なおかつ怪我や病を治す行為に励《はげ》んでいれば、必ず丈一郎さんに興味を持たれると判断したのである。

ここだけでなく、何件か試す予定ではあったが、まさか一件目で上手《うま》くいくとは幸運だった。

「涼介くんはどうですか？」

「ええ、ご案内します。どうぞお入りください」

俺は、園児たちがいつも集まって遊んでいるキッズルームへと案内される。

その間にも、丈一郎さんが俺を観察するような眼差《まなざ》しを送っていることには気づいていた。

「涼介くーん！　鳥本さんが来てくれましたよー！」

園長先生の言葉に、涼介くんがハッとしてこっちを向き、俺を見ると嬉しそうに駆け寄ってくる。

その傍には、昨日会った涼介くんの母親と父親もいて、一緒についてきた。

「おにいちゃん！　なんでー、またきてくれたのー！」

無垢《むく》な笑顔で近づいてきた涼介くんの頭を優しく撫《な》でる。

「おう、あれからどうだい？　元気か？」

「うん！　きょうもね！　あさにね、い～っぱいごはんたべたよ！」

「よし！　偉いぞ涼介くん！」

「えへへ～！」

「鳥本さん、昨日は本当にありがとうございました」

そう言いながら涼介くんの両親が頭を下げてきた。

「いいえ、元気になったのならそれで十分です」

「ねえねえ、あそぼ！　みんなでかくれんぼしよ！」

「あーごめんなぁ。ちょっと用事があるんだよ……」

チラリと丈一郎さんの顔を見ると、彼も真剣な眼差しで俺を見据えていた。

「こーら涼介、ワガママ言わないの！」

「そうだぞ。そんなこと言ったら嫌われちゃうぞ。嫌だろ、そんなの？」

両親に注意されて落ち込む涼介くん。

俺は再度涼介くんに視線を戻し、

「また今度来るから、その時にな」

「えぇー……」

「その代わり、これやるからさ」

そう言いながら俺はリュックから、子供が喜ぶような甘い菓子類を取り出す。

「ほら、みんなで仲良く分けて食べな」

「いいの！　ありがとぉ、おにいちゃん！」

俺は菓子の入った袋を涼介くんに渡すと、彼は嬉しそうに他の子のもとへと戻っていった。

「よろしかったんですか？　お菓子なんて貴重な食料なのに」

「構いませんよ、園長先生。昨日は、こんな怪しい男に水を分けて頂いたお礼ですから」

「怪しいだなんて……。鳥本さんには涼介くんを治してもらいましたから」

園長先生の言葉に続き、同じようなことを両親にも言われる。

しかし俺はあくまでも、子供たちが喜んでくれるならという言い分を通した。

「あ、そうだ園長先生。どこか落ち着いて話せる部屋はありませんか？」

「え？」

「どうも……俺と話をしたい人がいるようなので」

また丈一郎さんに視線を向けると、彼も園長先生に向かって「お願いします」と口にした。

そして園長先生の計らいで、俺と丈一郎さんは、園長室を借りることになったのである。

丈一郎さんが二人きりで話したいということで、他の人たちには遠慮《えんりょ》してもらった。

俺は園長室に入ると、そのまま窓の傍に立ち外を眺める。

「今日は良い天気ですね。こんな日は山でハイキングでもしたい気分です」

「……山か」

ん？　何やら雰囲気《ふんいき》が暗くなった。何か山に嫌な思い出でもあるのか。

「ここの子供たちはみんなが笑顔でとても良い。そうは思いませんか？」

「……そうだね」

どうやら早く本題に入りたい様子だ。その意思がビシビシと伝わってくる。

なら早々に話を進めようか。

「さて……まずは自己紹介をしましょうか」

「ならば私からさせてほしい。私は福沢丈一郎。医者で、この幼稚園にも定期的に診察に寄らせてもらっている。以後よろしく願いたい」

以後よろしく……ね。

「丁寧《ていねい》な自己紹介痛み入ります。俺……僕は鳥本健太郎《けんたろう》と言いまして、職業は――」

「――『再生師』」

「おや。ご存じでしたか」

「失礼だが、私は勉強不足でね。『再生師』という職業を聞いたことがないんだ」

そりゃそうだろう。だってインパクトがあると思って俺が作った創作職業なんだから。

「一体どのような仕事をされているのかね？」

「そうですねぇ。『再生師』というのは僕の一族だけが名乗っている肩書のようなもので、職業といえるかどうかは謎ですね」

「一族……？」

「まあその一族も、僕を残して死んでしまいましたが」

「!?　それは……すまない。不躾《ぶしつけ》なことを聞いてしまった」

「いえ、お気になさらないでください。元々鳥本一族は〝ある特殊な能力〟が備わっているせいか、短命な者が多かったんです」

「特殊な……能力？」

「ええ。そしてその能力こそ、僕の……鳥本の仕事に繋《つな》がる重大なもの」

「…………！」

「僕には――《再生薬》を精製することができるんです」

「再生……薬だって？　ど、どのような効果があるのかね？」

段々語気が荒くなってきた。食いついてきた証拠か。

「その名の通り、生物のあらゆる部分を再生することができる薬です」

「バカなっ！　そのような万能薬などあるわけがない！」

「そう、あるわけがない。だからこそ僕たち一族は、この力をずっと秘匿《ひとく》し続けてきたんですよ」

「秘匿……」

「だってそうでしょう？　もしこの力が公《おおやけ》になればどうなります？　間違いなく一族は国に囚われ、死ぬまで利用されるでしょう」

「それは……むぅ」

反論できないのか、丈一郎さんは言い淀《よど》んでいる。

「だから一族はこの力を秘匿し、その秘密をずっと守ってきました。他者との交わりを一切持たず、誰も来ないような山奥で、ひっそりと孤立した暮らしを続けてきたんです。ですが最近、一族は僕を残して滅んでしまいました。そこで僕は思いました。もう鳥本の掟《おきて》に縛《しば》られることはないのでは、と」

「そこで人里に出てきた……そういうことかい？」

「その通りです。せっかく自由になれた。だったら好きなことをして生きたいと。そのためには食べ物やお金などが必要で、僕はこの力を使って商売を始めたんです」

「商売……ということは、その薬を売ってきたと？」

「はい。ただまあ貧しい人たちからはさすがに受け取れませんでしたね。あくまでも裕福で余裕のある家から、お金と引き換えに薬を売りました。……そんな力を商売にすることに嫌悪しますか？」

「！　い、いや、そんなことは思わない。……私だって医者だ。この腕で多くの人を救ってきた自負はあるが、決して……無償で行ってきたわけではない」

その通りだ。そうでなければ、あんな立派な家に住むことなんてできるわけがない。

「分かってくださる人で良かった。中にはいるんですよ。そんな力があるなら、無償で人助けをするべきだって！　分かってないですよね。《再生薬》だってタダじゃないっていうのに」

俺の言葉に何か思うところがあったのか、丈一郎さんは難しい表情で押し黙っている。

彼は人格者だ。それこそ彼《か》の『赤ひげ』を彷彿《ほうふつ》とさせるほどの。

だからこそ、できれば無報酬《むほうしゅう》で医術を施《ほどこ》せるような環境があれば良いと思っているのかもしれない。そんな夢物語など存在しないということもまた、熟知している故の葛藤《かっとう》だろう。

それにしても俺、詐欺師《さぎし》になれるかもなぁ。

よくもまあこんなデタラメ話を思いつくもんだと自分で怖くなる。

今度小説でも書いてみるか、と筆を執《と》ってしまいそうだ。

「君の一族のことは理解できた。……その、聞きたいことがあるのだが……」

「《再生薬》の精製について？　もしくは薬そのものを手にしたい、ですか？」

「こ、後者だ」

「ふむ、何故製法を聞かないので？」

「鳥本一族にしか精製できないのだろう？　だったら聞いても無意味だ」

「……では《再生薬》を手に入れて何を？　分析して少しでも万能薬に近づけるために研究しますか？　量産するために」

「……もう分かっているだろうに。意地悪なのだね、君は」

「はは、すみません。今まで医者と会ったら、何が何でも僕を懐《ふところ》に入れようとしてきたので。この力を利用するためにね」

「まあ、同じ医師としては気持ちは分かるが。だが君の気持ちを蔑《ないがし》ろにして強制するようなことはしたくない。それは人として行ってはいけないことだ」

……本当に真面目《まじめ》で素直な人物だな、この人は。

きっと良い人で、良い夫で、良い父で、良い……医者なのだろう。

「見たところ福沢先生自身が薬を欲している様子はない。……ご家族か親戚《しんせき》か、病に苦しんでいる方がいらっしゃるんですね？」

「っ……ああ、そうだ」

「どなたですか？」

「私の娘――環奈だ」

やはりこの人は、いまだ娘の動かなくなった下半身の復活を強く願っている。

「一つ聞きたい。君の薬を服用すれば、麻痺《まひ》で動かなくなった部位でも動けるようになるのかね？」

「……娘さんはどこか障害を抱えてらっしゃるんですね？」

「ああ。五年前――山にハイキングに行った際、ぬかるんだ地面に足を取られてそのまま崖下《がけした》へ転落してしまったんだよ」

「それは……不運でしたね」

「幸い命は助かったもののね、脊髄《せきずい》に強い衝撃を受けてしまったせいで、下半身が麻痺してしまったんだ」

「なるほど。脊髄損傷ですか」

脊髄などの中枢《ちゅうすう》神経は、一度損傷してしまうと修復や再生することはほぼ不可能とされている。少なくとも現代医学では困難とされている障害なのは確かだ。

「あの子の足を治すため、あらゆる手を尽くしてきた。でも……ダメだった。私は……私は何て無力なのか！　何故神は私ではなくあの子の未来を削《けず》り取ったのか！　あんな優しくて良い子をっ……………残酷《ざんこく》過ぎるっ！」

するとは何を思ったか、丈一郎さんは両膝をつき、そのまま頭を下げた。

「もし君が本当に人体を再生させられる力があるのなら、どうか……どうか娘を助けてはもらえませんか。何でも致します。どうか……お願い致します！」

床に頭を擦りつけ嘆願《たんがん》する丈一郎さん。

本来ならこんなことをするような立場の人ではないだろう。それこそ病院では皆に崇《あが》められるほどの人物なのだから。

しかしそんなことよりも、この人は娘のことを想うとなりふり構っていられないのだ。娘のためならプライドや自尊心など必要ないのだろう。

俺は不意に、他界した親父《おやじ》がフラッシュバックした。

親父は男手一つで俺を育てていたが、その上で俺のために他人に頭を下げたことだって何度もあっただろう。

すべては俺という息子に、何不自由ない生活を送らせるために……。

「……頭を上げてください、福沢先生。お話は分かりました」

「で、では!?」

「はい。微力ながら、僕の『再生師』としての力を振るわせて頂きましょう」

「おお！　あ、だが……その、君の力を疑うわけじゃないが」

「信じられませんか？　まあこんな突拍子もない話を、証拠もなしに真に受けるのもどうかと思いますが。ただ涼介くんの症状を治したのも《再生薬》ですよ？」

「それは聞いているが……」

「今はとにかく僕を信じてみてください。大丈夫。実は前にも同じ症例を治したことがあるので」

「!?　それは心強い！　で、ではさっそく私の家に来てもらいたいのだが！」

「はい、喜んで」

こうして俺は、希望に満ちた表情を浮かべる丈一郎さんとともに、彼の車で福沢家へと向かって行った。


車移動ということもあって、丈一郎さんの家にはすぐに辿《たど》り着いた。

例の巨大な門がゆっくりと開いていくと、その前方に車椅子《くるまいす》に乗った少女と、その世話係らしき使用人の姿がある。傍にはミニチュアダックスフントが一匹、嬉しそうに尻尾《しっぽ》を振っていた。

「パパ！　お帰りなさい！」

車から出てきた丈一郎さんのもとへ笑顔で近寄っていく少女こそ、福沢環奈だ。

「わざわざ出迎えありがとうな」

「ううん！　部屋からパパの車が見えたから！　でもお仕事は？　今日はお休みなの？」

「いいや。今日はとても大事なお客様を連れてきたんだよ」

「お客様？」

俺は運転手の佐々木という人にドアを開けてもらい、その場にいる者たち全員の注目を浴びながら外へと出る。

「福沢先生、その子が？」

「ああ、そうだ。環奈だよ。さあ環奈、挨拶《あいさつ》できるね？」

「え？　う、うん」

人見知りなのか、俺の顔を見て少し照れ臭《くさ》そうに眼を泳がせているが、スッと頭を下げたあとに環奈が自己紹介をしてくる。

「は、初めまして。私は福沢環奈といいます。パパ……福沢丈一郎の娘です。どうぞよろしくお願い致します」

ちゃんと礼儀《れいぎ》は教えられているらしい。好感が持てるしっかりした子だ。

「こちらこそ初めまして。俺は福沢先生の知人で、鳥本健太郎っていうんだ。よろしくね」

「は、はい！　その……こちらこそです！」

「あはは、そう緊張しなくていいよ。俺は今日、君に会いに来たんだから」

「わ、私に……ですか？」

どういうこと？　といった様子で、丈一郎さんの顔を見やる環奈。

「とりあえず話は中でしよう。環奈、すまないが彼を客間に案内してくれないか？　私はママを連れてあとで向かうから」

「あ、うん！　任せて！　えと……じゃあ鳥本さん、私についてきてください」

どうやらスイッチ一つで自動で動く車椅子のようで、環奈が先導して家の中へと入って行く。

俺はそのあとをついていき、まさしく豪邸と呼ぶべき屋敷の内装を見て思わず感嘆《かんたん》の溜息が零《こぼ》れ出る。

環奈のためにバリアフリーな内装にはなっているが、玄関だけで十畳《じょう》ほどはあり天井も恐ろしく高い。一瞬旅館やホテルにでも来たかのような錯覚《さっかく》を受けた。

丈一郎さんは突き当たりにある階段を上っていき、俺は環奈と使用人とともに一階のだだっ広い廊下《ろうか》を歩く。

そして三つ目の扉の奥へと環奈が入って行き、その客間の広さにも圧倒された。

それこそまさにホテルの一室かのような美しく整った環境で、確実に俺の家の部屋の何倍も大きい。

テレビ、テーブル、本棚《ほんだな》、ソファなどもシックな色合いで固められていて、雰囲気《ふんいき》も俺好みな良い感じに仕上がっている。

「はぁ……広い家だね」

「よく言われます。でも掃除《そうじ》が大変ですよ？」

「はは、だろうね。俺だったら持て余してしまうよ」

一度くらいは豪邸に住みたいって思ったことがあるけど、実際に住むとなると逆に寂しいだろう。今の家でさえ俺には大き過ぎるのに。

するとミニチュアダックスフントが、俺の足元に擦り寄ってきた。

「あ、こら！　ごめんなさい、鳥本さん！　うちの風太が！」

「へぇ、風太っていうのかぁ。よろしくな、風太！」

撫《な》でてやると「キャンキャン！」と。警戒もせずに腹を見せて懐いてくれる。おいおい、それだと番犬としては失格だぞ？

「あ、あの、パパ……お父さんとはどんな関係なんですか？」

どうやらパパと呼んでいるところを見られるのは恥ずかしいようだ。ここらへんが思春期ってところだろうか。

「関係かぁ……今日初めて知り合ったって感じかな」

「えっ!?　そ、そうだったんですか？」

「うん。福沢先生にあるお願いごとを託されてね。それでここへ来ることになったってわけ」

「お願い……ごと」

そう呟《つぶや》く環奈の顔には陰りが浮かんだ。

「それって…………私のこと、ですよね？」

「そうだよ」

「私の……障害についてですよね？」

「……その通りだ」

「!?　やっぱり……」

申し訳なさそうな、それでいて悲しそうな顔を浮かべる環奈。隣の使用人は、そんな環奈のことを心配そうに見つめている。

「……君のお父さんが君のために身を削っていることが嫌かい？」

「……！　な、何で……!?」

「どうして分かったかって？　簡単だよ。福沢先生が、君は優しくて良い子だって言ってたからさ」

「パ……お父さんが？」

「うん。君は……自分のせいでお父さんが疲れている姿を見るのが辛《つら》い。違うかな？」

「………はい」

環奈が自分の膝の上で両手をギュッと握りしめる。

「お父さん……毎日毎日、私の足を治すために必死で。夜遅くまで調べ物をしたりしてるんです。お仕事だって大変なのに……それでも弱音とかまったく吐かずに」

「はは、そりゃそうさ。愛する子供の前で弱音なんて吐きたくないもんだよ、父親なんてのは」

俺の父親だってそうだった。仕事ずくめで帰ってきて、疲れているはずなのに、それを俺の前では微塵《みじん》も見せなかった。

「でもいつか過労で倒れちゃうんじゃないかって心配してるんだろ？」

コクリと環奈が力なく頷《うなず》く。

「だよなぁ。俺も同じような経験があるから分かる。たとえ生活が苦しくても良い。周りの連中にバカにされたって良い。だから無理せずに、ずっと傍にいてほしい」

「!?　……はい」

子供にとって親は絶対で、誰よりも頼りになる存在だ。そして親は子供のためならどんなことだってできる。辛いことや痛いことがあっても、子供が笑ってくれるならと自分を奮起させられるのだ。

しかしそれを子供は嬉しいと思う反面、申し訳なく思うのである。

親は子供の前では、常に強くて頼りがいのある存在だと思わせたいのだ。だから無茶なことだってするし、自分が傷ついていても構わないとさえ思う。

子供にとって、そんな親を見ているのは辛いものだ。特に自分のせいともなれば、自分があまりにも無力だということを突きつけられて虚《むな》しさが込み上げてくる。なので環奈の気持ちは痛いほど分かる。

「でも、子供にとって親が絶対のように、親にとって子供は――〝すべて〟なんだよ」

「すべて……?」

「そう。自分の命よりも大切な存在なんだ。だからどんなにしんどいことでも、我慢できるし頑張れる」

「それは…………でも、いつかパパが倒れちゃうんじゃないかって……顔色だって悪い時もあって……」

環奈の琴線《きんせん》に触れたからなのか、自然と呼び方がパパに戻っていた。

「うん。俺から見てもちょっと無理しちゃってるかな、先生は」

「ですよね！　私……毎日パパが無事に帰って来られるか本当に心配で……！」

だから車の走る音がしたら、いつも自室の窓から丈一郎さんの車かどうか確認し、一目散に門の方へと出向いているらしい。

誰よりも早く、丈一郎さんの無事な姿を見たいがために。

丈一郎さんも丈一郎さんだが、この子もこの子で健気だなぁ。

良い人からは良い人しか生まれないんじゃなかろうか。

「でも安心してくれていいよ」

「え？」

「今日からその心配は全部なくなるから」

「？　……ど、どういうことですか？」

「それは福沢先生が来てからすべて話してあげるよ」

そこへタイミング良く、扉が開いて丈一郎さんとその奥さんらしき女性が姿を見せた。

「遅くなってすまない。鳥本くん、うちの家内の美奈子《みなこ》だ。美奈子、こちらが先程説明した鳥本健太郎くんだよ」

紹介を受け、丈一郎さんの妻が一歩前に出て一礼をしてくる。

俺も同様に頭を下げ、互いに簡単に自己紹介を済ませた。

「では……鳥本くん、お願いできるかな？」

「……ええ。ただ車の中でもお約束した通り」

「分かっている。今日のことは他言無用とする。お前たちも、これから起きることについては決して口外してはならんぞ？」

ここに来る前に美奈子さんは軽く説明を受けたのかすぐに了承したが、環奈と使用人は不思議そうに小首を傾《かし》げてしまっている。

しかし再度念を押すように丈一郎さんが言うと、二人も約束してくれた。

まあ……仮に口外されて、周りがうるさくなっても、その時はまた顔を変えればいいだけだがな。

「――さて、それじゃあ始めるとしましょうか」

俺は着用しているトレンチコートの中に手を入れ、そこから二十センチメートルほどのガラス瓶《びん》を取り出した。

その中にはキラキラとオーロラのように輝く液体が入っている。

「お、おお！　それがそうなのかい、鳥本くん！」

「はい。コレが――《再生薬》です」

嘘。本当の名前は――《エリクシル・ミニ》である。

その名前を聞いてピンとくる人も多いだろう。別の言い方をするなら《エリクサー》だ。

漫画やゲームでもその名を耳にすることは少なくないはず。

ただ《ミニ》とついていることで、普通の《エリクシル》よりは効果は低いことが分かるはず。

ゲームなどでは、その効能は万能であり、不老不死になったり、死者すらも復活させることができるという設定が備わっていることもある。

ただ〝SHOP〟に存在する《エリクシル》に限っては、さすがに不老不死の効果はないし、無条件では死者を蘇《よみがえ》らせることはできない。

しかし服用すれば、どんな怪我《けが》や病だって一瞬で治療できるし、呪いだって解ける。呪いってのはまあ、よく分からんが。

部位欠損していても、トカゲの尻尾のように生えさせることだって可能だ。

また一時間限定で不死身になれるし、死んでも十分以内なら蘇生《そせい》させることができるという〝とんでもねークスリ〟だ。

まさに万能薬。こんなものが世に出回れば恐ろしいことになること間違いなしのチート級のアイテムである。

しかし何度もいうが、今回のは《エリクシル・ミニ》だ。

その効能は、怪我や病なら一瞬で治療できるというもの。これで十分なので、今回はこちらを使わせてもらう。

「さあ、これを彼女に」

俺は丈一郎さんに《エリクシル・ミニ》を手渡す。

丈一郎さんは恐る恐るといった感じで、震えながら受け取り、振り向いて環奈の前に立つ。

「……パパ？」

「環奈、正直なことを聞かせてほしい。もう一度……歩きたいか？」

「え？　……い、いきなりどうしたの？」

「歩きたいか歩きたくないか、どっちなんだ？」

「わ、私は……はは、私はもう大丈夫だってば！　車椅子《くるまいす》生活ももう五年だし、さすがに慣れてきてベテランだよ？　いや、もうプロだねプロ！　だから……だからもう私の足のことは――」

「環奈！」

「!?　……パパ」

「お願いだ。聞かせてくれ。お前の心からの願いを……パパに聞かせておくれ」

突然の問いに戸惑いを見せた環奈だったが、丈一郎さんの真剣な眼差《まなざ》しを受けて、環奈は少しの沈黙の後、ゆっくりと口を開き始める。

「…………わ、私は…………………たいよ」

「ん？」

「私だって！　また歩きたいよ！　走りたいよ！　サッカーだってしたいよぉっ！」

声を震わせ涙を流しながら環奈は魂の叫びを放つ。

「ずっとずっと祈ってた！　もう一度歩けるようになりたいって！　神様にも何度もお願いしたもん！　だって……だってぇ……私のせいで疲れていくパパをもう見たくないからぁ……………！」

感極まったのか、丈一郎さんが環奈を強く抱きしめた。

「ようやくお前からその言葉を聞けたな。意地っ張りで、優しいお前は、いつも私のことを気遣って、自分の気持ちを押し殺していた」

「ごめん……ごめんっ……なさい……！」

もらい泣きをしているようで、美奈子さんも使用人も涙ぐんでいる。

「もう大丈夫だ。この薬が、お前の人生を取り戻してくれる」

「!?　……ほんと？」

「ああ、私がお前に嘘を吐いたことがあるかい？」

ブンブンブンと環奈が頭を左右に振る。

「パパ……。私……また……歩ける？」

「ああ、もちろん」

「また……パパとサッカーできる？」

「バテて倒れるまで付き合ってやる」

「また……またっ……！」

「治ったら好きなことをうんとやりなさい。今までできなかった分、全部、思いっきり」

「うんっ……うん！」

丈一郎さんが、ポンッと栓《せん》を抜いた《エリクシル・ミニ》を、そっと環奈の手に握らせた。

「これ……飲むの？」

不安そうな環奈。

「大丈夫。不味《まず》くないから、グイッといっちゃっていいよ」

そこへ俺が後押しをする。

それでも躊躇《ちゆうちよ》を見せる環奈に、丈一郎さんが笑顔で頷いて、彼女を安心させた。

そして環奈は、意を決して目を閉じながらガラス瓶に口をつける。

「んぐんぐ………ふはぁ」

すべて飲み干した直後、彼女の身体《からだ》をオーロラの光が包み込む。

当然薬がそのような現象を引き起こすことなど誰もが初見だろう。驚愕《きようがく》している。

環奈も驚いているが、別に身体に異状をきたしている様子は見当たらない。

発光現象が徐々に収まってきて完全に消失したので、俺は静寂の中、

「さあ環奈ちゃん、あとは君の勇気次第だ」

そう口にしながら、彼女に向けて手を差し伸べる。

環奈も恐らくもう気づいているだろう。自分の下半身に今までとは違う感覚があることを。

ただその違和感に戸惑っている感じだが。

「まずは一歩、君自身の力で踏み出してごらん」

すると環奈がおもむろに俺の手を取って、まずは右足を震わせた。

右足が動いた瞬間、俺以外の全員が息を呑《の》んで言葉を失っている。

環奈は歯を食いしばり、そのまま右足を動かして床にそっとつけた。

そして静かに、ゆっくりと前傾姿勢になって立ち上がる体勢を作り、そして――。

「――っ!?」

かつて翼をもがれた小鳥は、今また再び大空へと羽ばたける翼を手に入れた。

「わ、私………立ってる……？」

「ああ、ちゃんと自分の足で立ってるよ。おめでとう。よく頑張ったね」

俺は彼女からそっと手を放し、あとは家族水入らずということで、静かに部屋を出て行った。

部屋の中からは、誰かも分からない泣き声や歓声が轟《とどろ》く。

「――本当に何とお礼を言っていいやら！　心から感謝する！　ありがとうっ！」

再び客間に迎え入れられた俺は、家人たちに揃《そろ》って頭を下げられていた。

「いえ。娘さんを再生することができて俺としても良かったですから」

だって成功しなければ報酬《ほうしゅう》がもらえないからな。

「あ、あの！」

「ん？　どうかしたかい、環奈ちゃん？」

「そ、その……ありがとうございましたっ！」

「はは、だからもういいよ。こっちも下心があってのことだから」

「し、下心……ですか？」

俺はキョトンとしている環奈から視線を外して、「まあね」と口にしながら丈一郎さんを見やる。

すると丈一郎さんがハッとなって、

「そうだ環奈、今日はパーティをしよう！　それにお礼として鳥本くんには美味《おい》しいものをご馳走《ちそう》してはどうだ？」

「！　うん！　私、お料理する！　ママ、四宮さん！　手伝ってくれる？」

「ええ、いいわよ」

「もちろんでございます、お嬢様」

そう言うと、三人は生き生きとした様子で部屋から出て行った。

その際に、環奈が「楽しみにしててくださいね！」と笑顔で言ってきたので、軽く手を振って応えておいた。

「鳥本くん、何度もしつこいかもしれないが、本当に……本当に感謝するよ。君のお蔭《かげ》で、あの子の……環奈の心からの笑顔を再び見ることができた」

「いえいえ。もうすっかり大丈夫だとは思いますが、一応病院で精密検査をしておいてくださいね」

「ああ、承知した。ところで報酬の件なんだが……すまない。一体どれほどのものを払えばいいかまったく見当がつかないのだ」

まあ、そりゃそうか。言うなれば不治の病を治したのだから、それこそ対価は莫大《ばくだい》なものになるだろう。

「そうですねぇ。前にも言いましたが、俺はこの力で商売をしています。お金儲《もう》けですね」

「そうだね。しかし今の世の中じゃ、お金の価値はないに等しい存在になってしまっているぞ」

「確かに。ですが今後、日本の……いえ、世界の経済が復活する可能性だってあります」

「それは……」

「不可能ではありませんよ。何故なら不可能だと思われたことを、今ここで可能になった現実を目《ま》の当たりにしたじゃないですか」

「！　……言われてみればそうだね。現代医学では不可能とされていた環奈の障害を、君は取り除いてくれたんだった」

「ですから俺は、また元通りの時代がやってくると信じているんです。ですからそのためにお金を貯蓄しておきたいんですよ」

「……分かった。では幾ら用立てればいいんだね？　すまないが、銀行は機能していないし、それほど多くの現金を用意するのも難しいのだが」

「……先生だけに伝えておきますが、俺にはもう一つだけ変わった能力があるんですよ」

何か次々と不可思議な設定を作ってしまうが、鳥本の存在そのものがファンタジーみたいなものだし別にいいだろう。

「能力……かい？」

「はい。よろしければ預金通帳を持ってきて頂けますか？」

「あ、ああ……今すぐ持って来よう」

そう言うと、彼は一旦その場から出て行った。

俺はその間に、窓を開き、

〝――ソル〟

と心の中で声をかけた。

するとどこからか、音もなく飛んで来たソルが、俺の肩の上に止まった。

「監視、ご苦労だったなソル」

「はいなのです！　特に異状は見当たりませんでしたぁ」

「そうか。そういえば環奈との接触も命じたけど、彼女はどんな感じだった？」

「良い子でした！　ずっと父親のことを心配してましたです」

やはり優しい子なのは間違いなさそうだ。

「もう少しで商談が終わる」

「はい！　ではそれまで外で待機を――」

「いや、このままでいい。今日はご馳走を食べられるそうだからな。せっかくだしお前を紹介しておこう」

「ご馳走!?　よ、よろしいのですぅ!?」

「ああ。一日中仕事をしてくれていた礼だ。それに今後もこの家とは繫《つな》がりを持っておきたいからな。環奈とも仲良くしてやれ」

「はいなのです！」

「あ、だが人前では喋《しゃべ》るなよ？」

「もちろんなのですぅ！」

すると扉がノックされ、俺が返事をすると丈一郎さんが、高級そうなセカンドバッグを持って入ってきた。

「お待たせして……ん？　フクロウ……？」

「ああ、すみません。コイツ、俺の地元で飼っていた子なんですよ。今では旅の友といったところです」

「……！　そういえば環奈がフクロウを見たと言っていたが」

「普段は放し飼いにしているので、もしかしたらこちらにお邪魔したのかもしれませんね。名前はソルといいまして、どうぞよろしくお願いします」

ソルも「ぷぅ〜」と鳴き声を上げて挨拶《あいさつ》をした。

「そ、そうか。フクロウが旅の友とは、何だか風情《ふぜい》があるね」

風情……あるだろうか？

「おっと、ここに預金通帳が入っているが、これをどうすればいいのだね？」

「少々拝借しても？」

「構わないよ。ただ通帳だけで何を？　さっきも言ったが、銀行を利用するのは……」

「大丈夫です。必要ありませんから。……結構な数の通帳がありますね」

「ああ、複数の銀行を利用しているからね。それに私だけでなく、環奈のために貯蓄しているものもある」

「さすがに環奈ちゃん専用の通帳は置いておきましょう。こちらを確認させて頂きますね」

俺は一つの通帳を手に取り見開いてみた。

……っ!?　マ、マジかよ……七千万あるし……！　それにこっちには六千五百万。これには……げっ!?　一億超えかよっ!?

まさにセレブと言わざるを得ないほどの金額だ。あまりに現実離れした数字に、思わず玩具《おもちゃ》じゃねえかって思ったほどだ。

医者ってこんなに儲かるもんなのかねぇ……。

そういえば情報では、丈一郎さんは何十冊も本を出版しているらしく、それもまた結構な部数を発行しているとのこと。

本職に次いで印税までもらってるとは、天は二物を与えずというが、ありゃ嘘だな。

「……一つお聞きしますが、福沢先生なら今回の治療代として幾ら支払いますか？」

「ずいぶんと難しいことを聞くね。……すまないが、見当もつかないよ。全財産を払えば環奈が助かると言われれば、きっとそうしていただろうしね」

「なるほど……」

どういうことならこっちも大分遠慮《えんりょ》しなくても良いかも。

「では……この二つの通帳を頂いてもよろしいですか」

「？　……問題ないが？」

不思議そうな顔だ。無理もない。この通帳だけでは、金なんて手にできないのが普通だ。

たとえ銀行を利用できたとしても、暗証番号や印鑑なども必要になってくる。

それなのに俺はそれらを欲していないのだから、俺の行動に不可思議さを感じるのも当然だ。

「まあ見ていてください」

俺は《ボックス》に通帳をサッと入れた。

すると当然のように、いきなり消失した通帳に丈一郎さんが驚く。

「き、消えた⁉　もしかして手品かい？」

「はは、では取り出してみましょうか」

俺は再度収納した通帳を取り出して、丈一郎さんに手渡した。

「中身を確認してみてください」

「え？　あ、ああ………ん？　残高が……0になってる⁉」

俺は通帳の残高だけを売却し、通帳を取り出したのである。

「これで商談成立ですね」

「ちょ、ちょっと待ってくれ！　一体何をしたんだね君は！」

「今のが俺の能力の一つですよ。通帳の残高を、俺の通帳へと移したんです」

俺は自分の通帳を《ボックス》から取り出し、丈一郎さんに見せた。

そこには——一億を優に超えた金額が刻まれていた。

　思わずほくそ笑んでしまうほどの結果だが、必死にポーカーフェイスを保つ。

「……一体君は何者なんだね……？」

「はは、それはまあ秘密ということで」

「詮索《せんさく》はするなってことだね。いや、分かったよ。君は娘の恩人だ。このことは誰にも他言しないと誓おう」

「感謝します」

　丈一郎さんは、俺の力について深くは追及してこない。だからこそ今後も取引相手たる人材だと判断した。

　それに彼は医者だ。多くのコネクションも持っているし、その情報網《もう》は鳥本健太郎にとっては利用しがいのあるもの。

「そうだ。もし福沢先生のように口が堅い方で、今回の先生のように困っている方がいれば是《ぜ》非《ひ》紹介してほしいですね。もちろん報酬《ほうしゅう》を弾んでくれる方ならなお有り難いですが」

「ははは、正直な人だな君は。医者としては、無償で《再生薬》を無辜《むこ》の民に配ってほしいと願い出たいところだが……」

「すみません。《再生薬》を作るにもいろいろリスクがありまして」

「うむ、そうだろうね。あれほどの薬だ。まさしく神与《かみよ》の薬とも呼ぶべき代物《しろもの》だ。そうそう量産などできはしないだろう。だからこそ君が言った意味が分かる。あれほどのものを作れる一族がいるとなれば、多くの者たちが身内に引き入れようとするだろう。特に権力者などは手段を選ばずに、結果……とても酷《ひど》いことが起こりそうな気がする」

何せ《エリクシル》さえあれば寿命《じゅみょう》以外で死ぬことがないのだ。そりゃ地位や権力を持った強欲な人間は、何が何でも手に入れようとしてくるだろう。

それこそ邪魔な人間は消し、言うことを聞かせるために人質をとったり、誘拐《ゆうかい》など悪びれもなく行ってくるはず。

俺も素顔を変えられるといっても、今後十分に注意をしておく必要がある。

少しでも状況が悪いと感じたら、しばらく鳥本健太郎は休業だ。

だが鳥本健太郎の存在が広まるまでは、十二分に稼《かせ》がせてもらう。

「いや、しかし今日は本当にめでたい日だ！　そういえば君は旅をしているんだったね。良かったらしばらくこの家で休息をとるといい。環奈もきっと喜ぶはずだしな」

「よろしいんですか？　ではお言葉に甘えて」

食事を出してくれるなら、その分の金も浮くので万々歳《ばんばんざい》だ。

そうして俺はしばらく、福沢家に世話になることになった。

——深夜一時。

俺は福沢家の客間に用意されているベッドに横たわっていた。

ちなみに今の姿は元の俺の姿である。

現在部屋には俺一人しかいない。ソルはどこか？

アイツは環奈の部屋で一緒に寝ていることだろう。

夕食時、ソルを連れた俺を見て当然のように環奈は驚きを見せた。

そしてペットだということを知ると、ソルには危険がないということで、環奈はさっそくソルに夢中になったのである。

俺も遊び相手になってやれと言っておいたので、しばらくはソルに苦労をかけるかもしれない。

そうはいっても、アイツもどこか楽しそうに相手をしていたが。風太とも仲良さそうに遊んでいたし。

それにしてもパーティは盛大なものだった。環奈も日頃から料理を手伝っていたらしく、結構凝《こ》った料理も出てきて味も美味《うま》かった。

この家に仕えている使用人たちも全員集まり、本当に賑《にぎ》やかな夜で、一番はしゃいでいたのは、何を隠そう丈一郎さんだったのである。

今までの苦労が報われたからか、堰《せき》を切ったように浴びるほどに酒を飲んでベロンベロンに酔っ払い、使用人たちに運ばれる姿は面白いものだった。

「あんな賑やかな夜は久しぶりだったな……」

少なくとも親父《おやじ》が死んでからは経験がなかった。

俺は《ショップ》を使い、本日の収穫を再度確かめてみる。

「残金——一億六千万以上……はは、たった一日でとんでもねえ金持ちになっちまった」

確かに万能な《エリクシル》は高価だ。値段でいえば一億円もする。

いや、死者蘇生までできて安いだろと思うだろうが、それは値をつけている誰かに言ってほしい。それに普通に考えれば、一般家庭の収入じゃなかなか手に入らないほどの高額商品だし。

ただ一億円なんて大金は持ち合わせていなかった。

しかし今回、俺が購入したのは《エリクシル・ミニ》。

それでも一千五百万円とお安くない。しかし嬉しいことに、セール品として選定されていて、何と50％ＯＦＦだったのだ。まあだからこそ今回の作戦を思いついたということもあるが。

それでも七百五十万円。正直購入するかどうか迷ったが、確実にそれ以上の実入りがあると見込んで買ったのである。

涼介に使うのは、さすがにもったいなかったので、《エリクシル・ミニ》ではなく、《世界樹のエキス》という、《エリクシル・ミニ》よりは万能性に薄い回復薬を与えた。これでも十分に治るであろう見込みがあったからだ。

それでも一つ二百万もするのだから、大分奮発したと思う。

残り約五十万円までに落ちた残金だったが、見事それ以上のリターンとなって返ってきた。

これなら今まで高くて購入を断念していた便利グッズなども手に入れることができる。

もちろんどれもファンタジーアイテムではあるが。

「けどこれも多分運が良かっただけだ。たまたま二件続けて話の通じる相手に当たっただけ」

丈一郎さんに対しては、完全に策でハメたような感じだが。

それでも彼の人格があってこその商談だった。

「この先、今回みたいに上手《うま》くいく保証はないしなぁ。油断せずに動かないと」

俺は〝ＳＨＯＰ〟の商品を流し見しながら、今後の自分に必要なもののリストアップをしていくのだった。

第四章 襲撃された公民館

“SHOPSKILL”
sae areba
Dungeon ka sita
sekaidemo
rakusyou da

しばらく福沢《ふくざわ》家に世話になることになったが、少し気を遣ったのはやはり変身姿についてだ。

一応時間には注意して、バレる前に再度薬を使って変化し直しているので現状問題ない。

あるとしたら寝ている時だが、この家にいる間は睡眠時間は五時間半に設定し、寝る前に薬を服用し、みんなが起きる前にアラームで目覚めるようにしている。

またそれだけじゃ不安ということもあり、事前にソルには俺の部屋にやってきてもらって起こす役目を担《にな》わせているのだ。

「ねえ鳥本《とりもと》さん、今日はお出かけするって言ってたけど、どこに行くの？」

現在福沢家の者たちと一緒にテーブルを囲んで朝食をとっていた。

昨日丈一郎《じょういちろう》さんには、前もって本日外出することを伝えていたのだ。それを環奈《かんな》が聞いたのだろう。

「ずっと家の中に閉じこもっていたら身体《からだ》が鈍ってしまうからね。散歩がてら、少し街を見回ってこようと思って」

ここに世話になって三日。そろそろ次の商談相手を見つけようと思っていた。

意外にもここは居心地が良く、出費もほぼないので気づけば三日も経っていたのである。

「いいなぁ、私もついていったらダメ？」

「こら環奈、鳥本くんを困らせたらダメだぞ。それに外は危険がいっぱいなんだから」

そう窘《たしな》めるのは丈一郎さんだ。せっかく笑顔を取り戻した娘を、外にいる危険な人間やモンスターに奪われたくはないだろう。

どうやらまだダンジョン外は安全という事実を知らないようだ。それでもこの状況を利用し、悪さを企《たくら》むような連中だって出ているだろうから危険といえば危険である。

「でもせっかく自分の足で歩けるようになったんだもん。私だって散歩したいし。ねえ、風太《ふうた》？」

「クゥン……」

ここらへんが子供だろう。いや、人間の性《さが》か。

最初は歩けるだけで十分だと願っていても、いざ完全復活すると、やはりその先へと欲望が湧いてしまう。それは仕方の無いことだと分かっても、丈一郎さんにとっては外に出すのは不安なはず。

しかし娘の希望も叶えてやりたいという葛藤もあって、「むぅ……」と丈一郎さんは思い悩んでいる。

「あなた、まだあの子たちに伝えていなかったでしょう？　環奈が治ったこと。良かったら、環奈を連れてあの子たちに会いに行ってはどうかしら？」

「お前……そうだな。こういう時、電話が使えれば助かるんだが、あの子たちもずいぶんと環奈を気遣っていたからな。こちらから出向いた方が良いかもしれない」

美奈子《みなこ》さんや丈一郎さんがいうあの子たちとは、長男と長女のことらしい。

そういえばこの家にはいない。二人ともすでに自立し、自分の家庭を持っているとのこと。

「どうだろうか鳥本くん、君も来ないかい？」

「はい？」

「それがいいよ！　ねえ鳥本さん、一緒に行こ！」

まさか誘われるとは思わなかった。しかも断れば泣きそうな顔をしている環奈がいる。

まあいずれ丈一郎さんの、長男と長女にも会うことがあるだろうと思っていたので、ここらでコンタクトを取っておいても別にいいだろう。

「分かりました。ではお世話になります」

「やったー！　久しぶりのお出かけだー！」

車椅子《くるまいす》の時は、もう少しおしとやかなお嬢様って感じだったが……いや、こっちが環奈の素なのだ。元気で明るく、人懐っこい性格。

「でもあなた、道中気をつけてくださいね。最近、また近くで怪物が出現したという話も聞きますから」

「うむ、分かっているよ。大丈夫、環奈は必ず守り抜く」

まあ俺も近くにいるしな。せっかくの太いお客様だ。できる限り失いたくはない。

俺に対処できる問題ならば解決しようと思う。

三十分後に家を出るということになり、俺は自分に与えられた部屋へと戻る。

「ご主人、ソルはどういたしましょう?」

「お前もついてこい。環奈の傍にいて、仮にモンスターが襲ってきて俺の手が間に合わなかったら手を出せ。ただしなるべく火は噴くな」

「了解なのです!」

ビシッと可愛《かわい》らしく敬礼するもんだから、思わず頬《ほお》が緩んでしまった。

さすがに火を噴くフクロウなんていないから、ハッキリいって説明が面倒だ。これも例の一族の秘密的な感じで押し通せなくもないが。

まあいざとなったらそうしよう。そうするしかない。

にしても美奈子さんの言う通り、最近建物がダンジョン化するケースが爆発的に増えているのは確かだ。

一応毎日ソルに周辺を見回らせている。その結果、確実にダンジョンと化した建物の数が多いことが分かった。

近いうちにここもダンジョン化してしまうかもしれない。そうなった時、できるだけ早く処置しなくてはならない。

ソルだけではダンジョンを攻略できないからだ。願わくば俺がいる間にダンジョン化してくれれば幸いだが。

ただダンジョン化の法則も分からない現状、先のことを考え過ぎてビクつくのも性《しょう》に合わない。なった時はなった時だし、その時の状況に従って対処すればいい。

俺はリュックを背負うと、ソルを肩に乗せて部屋を出た。

外出は当然丈一郎さんの車で移動する。

俺、丈一郎さん、環奈、そして運転手の佐々木《ささき》さんだ。

さすがにリムジンというわけではないが、丈一郎さん曰《いわ》くウン千万する外車だという。

乗り心地も悪くなく、ソファもゆったりと座っていられる。

俺の隣では、環奈がソルを膝の上に乗せて、窓の外をキラキラとした目で見つめていた。こういう外出も久しぶりなのだそうだ。

「そういえば鳥本くんに聞いておきたいことがあったのだが、いいかね？」

助手席に座っている丈一郎さんからの質問だ。俺が「遠慮《えんりょ》なくどうぞ」と答えると、彼は面白い質問をしてきた。

「君はこの世界が変貌《へんぼう》した理由についてどう思うかね？」

てっきり俺の一族のことや、旅先でのことを聞いてくるかと思ったが違った。

「そうですね。もしかしたら神が地球の支配者を挿《す》げ替えようとしているのかもしれませんね」

「ほう、それは面白い見解だ。いや、しかし真理かもしれんな」

「どーいうこと、パパ？」

　どうやら環奈も興味を持ったようだ。

「環奈、我々人間……種族的に言えば『ホモ・サピエンス』だが、『ホモ・サピエンス』もまた、先人を力で滅ぼした結果、今の世の中が出来上がったんだよ」

「そうなの？」

「ああ。いわゆる弱肉強食。弱い存在は淘汰《とうた》され、強い者が生き残ってきた。少し前、その強い者……地球の支配者たる存在は我々『ホモ・サピエンス』だったんだ」

「えーと……つまり、今度は私たちが倒されちゃう番ってこと？」

「鳥本くんの言ったことが真実とするならそうなるね」

「そんなの……嫌だよ」

　明らかに落ち込む様子を見せる環奈。いちいち反応が素直な子である。

「環奈ちゃん、あくまでもそういうふうに見える一面もあるってことだよ」

「鳥本さん……」

「今、世に蔓延《はびこ》ってるモンスターと呼ばれる怪物。それは明らかに人間より凶悪で凶暴で、そして……何よりも生物としての力が強い。環奈ちゃんは漫画やゲームは好き？」

「う、うん」

「その中にドラゴンや魔王といった存在も出てくる？」

「そういうお話もあるよ」

「もしそんな存在が実際に現れたら、ゲームみたいに魔法やスキルを持たない人間が勝てると思う？」

「それは……ううん。だって中には一瞬で山とか街を壊滅させられるようなドラゴンとかだっているんだよ！　そんなの……勝てっこない」

「俺もそう思うよ。たとえ軍隊でも厳しいだろうな。一体だけならともかく、そんな力を持つ奴らが何十体も現れたら、人間の天下はそこで終わる」

「……鳥本さんは、次の地球の支配者はモンスターって考えてるの？」

「だからそういう考え方もできるってこと。ただ忘れちゃならないのは、人間個人にはモンスターほどの力はなくとも、それを補《おぎな》えるだけのものがちゃんとあるってこと」

「え？　そんなのあるの？　あ、ミサイルとか？」

「ん、それもそうだけど、人間個人のものじゃないな」

環奈は「う～ん……」と眉《まゆ》をひそめて考え込む。

「分からないかい？　神が人間に与えたもので、何よりの武器になるもの。まさに今、環奈ちゃんが持ってるものだよ」

「え？」

「それは――知恵さ」

「知恵？」

「つまりは考える力のこと。人間には考え、その考えをもとに様々なものを生み出す力がある。さっき環奈ちゃんが言ったミサイルも然《しか》り、ね」

「考える力……」

「人間はそう簡単に滅びたりはしないさ。伊達《だて》に何十万年もの間、地球の支配者をやってきていないよ。きっといずれ反撃の狼煙《のろし》を上げると思う」

「……そっか。だったらいいなぁ」

……ま、その可能性はあるという話だけどな。

実際にドラゴンが何十体と現れて、街を襲い始めたらどうしようもないだろう。

それに敵はドラゴンだけじゃない、それに匹敵するようなモンスターだっているはずだし、実際に最低ランクのゴブリンにすら簡単に殺されてしまうのが人間だ。

そして今、急速に地球のあちこちでダンジョン化の速度と規模が広がっている。

まさしく終末の足音がどんどんと近づいているのだ。

またそれに伴《ともな》い、人間たち同士の争いだって激化していくだろう。

乱世はもう訪れている。この時代の最中、強い人間が弱い人間を淘汰し始めていく。

敵はモンスターだけじゃないのだ。同種であるはずの身内からも出てくる。信じられるのはそれこそ家族だけという小さなコミュニティになってくるとしたら、それはもう人間という種の終わりを意味するのかもしれない。

だからこそ俺はもう人間は信じないし、利用できるかできないかでしか判断しない。あくまでも俺は俺の命を守るため。思う存分に自由を満喫《まんきつ》するためだけに行動する。

この福沢家の者たちもまた、俺に利用されている糧《かて》でしかない。

こんな冷めた今の俺を見たら、親父《おやじ》はどう思うだろうか。

決まってる。人間を諦めんなって言ってぶん殴《なぐ》ってくるだろう。

けど親父、悪いけど俺にはもう……人間に未来なんかねえって思うんだ。だから俺は、ずっと一人でいい。

「……鳥本さん？」

「ん？　えと……何か言った？」

「あ、ごめんね。何か鳥本さんが悲しそうに見えたから」

悲しそう……？　俺が？

「……そんなことないさ。昨日ちょっと夜遅くまで考え事をしててね。少し寝不足なだけさ」

「そう？　それならいいけど」

そうだ。悲しいなんてあるわけがない。そんな感情なんて、もう俺の中に存在しない。

誰かに期待するから、それを裏切られた時に悲しい思いをする。

だったら何も期待などしなければいい。信頼などしなければいい。

人と人の繋《つな》がりなど、ただの利害関係だけがあればそれで十分。

だから悲しいなんて今の俺が思うわけがないのである。

その時、ふと何故か俺に涙を流しながら謝ってきた十時《ととき》の顔が浮かぶ。

……アイツだってそうだ。あんなに後悔《こうかい》するなら最初から……いや、今更そんなことを考えてもしょうがねえ。もう会わねえ奴のことなんてな……。

それから俺は、他愛《たわい》もない話をしてくる環奈の相手をしながら時間を過ごしたのだった。


「——父さん、いきなり来るなんてどうしたんだ？」

現在、俺たちはある一軒家の前まで来ていた。

俺と環奈はまだ車の中に待機中で、丈一郎さんと佐々木さんだけ外に出ている。

そして丈一郎さんの目の前には、一人の男性が立っていた。

彼が福沢家の長男——明人《あきひと》さんだ。

すらっとした身長に爽《さわ》やかな顔立ちが特徴のイケメンカテゴリーに属する人物である。

「悪いな。少し用事があったもので来たんだ」

「明後日にはそっちに行く予定だっただろ？　その時じゃダメだったのか？」

「別にそんなことはないんだが……忙しかったか？」

「いいや、ちょっと寝不足なだけかな。昨日大きな手術があってね」

「ん？　なら患者の傍についていなくてもいいのか？」

「僕は副執刀医だったから。ところで用事って何かな？　明後日でも良いなら、少しでも寝たいんだけど」

「ふむ。ならこのまま帰るとするか。お前にサプライズを用意しておいたのに残念だ」

「え？　サプライズだって？　何さそれ？」

「ん？　気になるのか？」

「いや、そんな言い方したら誰だって気になるって」

丈一郎さんも人が悪い。というか結構ドッキリ好きなのだろう。

まあ今回の場合、ただのドッキリじゃ済まないが。

「なら見せてやろう。いいか、腰を抜かすんじゃないぞ？」

「ちょ、ちょっと怖いなその言い方……ていうか父さん、物凄《ものすご》く機嫌が良いし顔色も良いし……本当に何があったのさ」

「それもこのサプライズで分かるさ。……佐々木」

「畏《かしこ》まりました、旦那様《だんなさま》」

丁寧《ていねい》に一礼をすると、佐々木さんが車のドアをゆっくりと開いた。

そして中から出てきた人物を見て、明人さんは言葉を失った。

「えへへ、こんにちは、お兄ちゃん！」

「…………」

「あ、あれ？　お、お兄ちゃん？」

「……！　え？　あ？　ええ？　……か、環奈……なのか？」

「うん！　そだよ！」

「いや、でも……嘘……だろ？　歩いて……る？」

「ちゃんと自分の足でね！　ほらほら！」

そう言いながら環奈がクルクルと身体《からだ》を回して見せる。

「こ、これは……夢……？」

「いいや、紛《まぎ》れもなく現実さ。明人……環奈は元の身体に戻ったんだよ」

「か、環奈ぁぁぁあっ！」

「ひゃっ!?」

突然大声を上げながら環奈のもとへ駆け寄り、彼女を明人さんは抱きしめた。

「本当に!?　本当に治ったんだな！」

「……うん。心配かけてごめんね。もう……大丈夫だよ」

環奈もまた、ギュッと抱きしめ返した。

「良かったぁ……良かったぁぁぁ……っ！」

男泣きとはこのことか、少し前の丈一郎さんのように涙を流して環奈の復活を喜んでいる。

「で、でもどうして!?　一週間前はまだ車椅子《くるまいす》生活だったのに……いきなりこんな……！」

「それについては環奈を治してくれた人がいたんだよ」

丈一郎さんの言葉とともに、俺は反対側のドアからそっと外へと出た。

「初めまして、俺は鳥本健太郎《けんたろう》と申します。『再生師』として旅しています」

「再生……？」

「そのことについてはあとで私が詳しく教えてやろう。ただその前に、もう一人ここに呼ばなければならない子がいるだろう」

「……！　稲穂《いなほ》か」

「そうだ。済まないが佐々木、稲穂を迎えに行ってやってくれないか？」

「畏まりました。稲穂お嬢様の自宅は近所ですので、すぐにお迎えに上がります」

そうして佐々木さんは車へと乗りこんで走り去って行った。

俺たちはそのまま明人さんの自宅へ入り、リビングへと案内される。

そこには明人さんの妻である菜々緒《ななお》さんと、その三歳の息子——健人《たけひと》がいた。

俺以外は当然面識はあるので、とりあえず二人には軽く自己紹介をしておき、リビングにあるテーブルに着かせてもらう。

「父さん、一体その方がどうやって環奈を？　いまだに信じられないんだけど」

「言っただろ。もう少し待て。どうせ稲穂にも説明してやる必要があるんだ。二度手間になってしまう」

正論だが、それでも医者として、兄として気になるのか、俺をチラチラと見てウズウズしている様子が窺《うかが》える。

「けど本当にあの環奈が……」

今、環奈は健人くんを抱き上げたりして遊んでいる。ソルも一緒になって。

その光景を涙ぐみながら明人さんと菜々緒さんが見ていた。

「本当に良かったです……環奈ちゃん、元気になれて」

菜々緒さんもまた、最初に環奈と会った時に抱きしめていた。彼女もまた心配していたのだろう。

そしてしばらくするとピンポーンとインターホンが鳴った。

菜々緒さんが向かい、少しして一緒にリビングへと入ってきた人物がいた。

そこには美奈子さんより若い女性がいて、

「ちょっといきなり呼びつけるってどういうことよ、父さん！　こっちは夜勤で疲れてるってのに！」

不満を撒《ま》き散らしながら、丈一郎さんを見て詰め寄っていく。

しかし丈一郎さんがニヤニヤと笑っているのでイラっとしたのか、

「何笑ってるのよ！　兄さんも何か言って——」

「稲穂。あっちを見てごらん」

「え？　何よ兄さ……っ!?」

明人さんが指を差した方向に顔を向けた稲穂さんもまた、少し前の明人さんと同様に固まった。

まるで信じられないものを見ているかのように、数秒ほど凍り付いている。

「………か、環奈……？」

絞《しぼ》り出すような稲穂さんの声に対し、環奈がニッコリと笑顔を浮かべながら言う。

「お姉ちゃん、治ったよ」

「環奈っ！」

これまた明人さんと同様に、環奈のもとへ駆け寄り抱きしめ、すぐに顔やら腕やら、そして足などを触っていく。

「環奈なのよね？　え？　どうして？　あんた足は？　立ってるの？　何で？」

「ちょ、お姉ちゃん、くすぐったいよぉ！」

「あんた……本当に……本当に治ったの？」

「うん、心配かけてごめんなさい。もう……大丈夫だよ」

「〰〰っ!?　……か、環奈ぁぁぁぁっ!?」

またも強く抱きつき、盛大に嗚咽《おえつ》し始める稲穂。

そんな彼女たちを、俺たちは微笑《ほほえ》ましく眺めている。

そしてひとしきり泣いたあと、涙を拭いた稲穂さんがおもむろに丈一郎さんに顔を向けた。

「父さん、どういうことか説明してくれるわよね?」

「そうだ父さん。その方のことを早く説明してくれ」

「え?　あらやだ、お客さんがいたの?　ちょ、ちょっと洗面所借りるわね!」

そこでようやく俺の存在に気づいたらしい稲穂さんが、泣きじゃくってメイクが落ちた顔が気になったのか、慌てて洗面所へと向かっていった。

彼女が戻ってくるのを待ち、数分後にリビングへとやってきたので、いよいよ丈一郎さんの説明が始まる。

「まずは改めて紹介しようか。彼は鳥本健太郎くんだ。日本を旅している『再生師』さ」

「えと……『再生師』って何?　聞いたことないんだけど」

当然の疑問を稲穂さんが発した。

「その名の通り生物のあらゆる部分を再生することができる力を持つ人物さ」

予《あらかじ》め、丈一郎さんには、俺の力を身内には伝えても良いと許可している。

「再生医療……ってことかい？　いや、それでもたった数日で環奈を治すなんて不可能だよ。父さんも知ってるだろ。環奈の障害は、現代医学では不治の病だった」

「そうね。一週間くらい前に会った時も、下半身の麻痺《まひ》は一つも良くなる兆《きざ》しすらなかったわ」

「稲穂の言う通りだ。そんな障害を、再生できる医療があったとしても、たった数日でここまで回復させるなんてありえない」

さすがは医療に携《たずさ》わる者たちの見解だ。まったくもってその通り。

「うむ。私ももちろんお前たちと同じ考えだった。しかし……まずは私の話を聞いてくれ」

そうして丈一郎さんが、【ききょう幼稚園】で俺と出会った経緯や涼介《りょうすけ》くんのことを皆に伝えた。

「バカな……！　そんな奇跡みたいな薬がこの世に存在するなんて……!?」

当然のように明人さんは、俺の力を初めて話した時の丈一郎さんのような反応を見せた。

稲穂さんは言葉を発してはいないが、どこか怪しい者を見るような感じで俺を見ている。彼女の反応も至極《しごく》当然のものだろう。

「だが実際にその薬は存在し、事実……環奈はこうして再生したんだよ」

いくら怪しくても、信じたくなくても、実際に復活した環奈がいる以上は、何か神がかり的なものが作用したことだけは納得せざるを得ないだろう。

誰もが沈黙し、ジッと俺を見つめたままだ。

俺は目を閉じ、そろそろ何か口にするべきかと思ったその時、

「――普通じゃなくてもいい」

突如、環奈が喋《しゃべ》り始めたので、皆が彼女に注目する。

「私が治ったことは普通じゃなくていい。異常でも構わないもん。だって……治ったから。鳥本さんが治してくれたから！　私はそれだけで大満足だよ！　とっても嬉しいことだもん！」

向日葵《ひまわり》のような一片の曇りもない笑顔。

そんな彼女の表情を見て、フッと場の緊張が緩む。

「……そうよね」

「稲穂？」

「ねえ兄さん、あの子の言った通りよ」

「え？」

「私たちには理解しがたい力が働いたとしても。現実にこの子が……また笑ってくれる。私は……ううん、私たち家族はそれでいいんじゃない？」

「……そう……だな。うん、お前の言う通りだよ。環奈……今、幸せかい？」

「うん！　幸せだよ！」

その偽りのない気持ちを受け止め、明人さんは「そっか」と優しく微笑み、俺に向かって頭を下げてきた。

「鳥本さん、妹を治してくださり、本当にありがとうございました」

次いで、稲穂さんも同じように頭を下げてきた。

「いえ、丈一郎さんの説明にもあったように、こちらもただ商売を目的として薬を売ったに過ぎませんので」

「それでも、あなたがいたから今の環奈がいることに変わらない。だから……ありがとうございます」

物分かりが良いのか、空気を読むことに長《た》けているのか、それから明人さんたちは、俺の力について詳しく追及してくることはなかった。

そして夜まで世話になったあと、久しぶりに外出できて満足気な環奈たちと一緒に、福沢家へと戻ったのである。

ただ家の門へと近づいたその時、その前に一台の車が停車していた。

どうやら福沢家へ尋ねてきた客のようだが……。

するとこちらの存在に気づいたのか、車から一人の男性が慌てて降りてきた。

「あれは……有沢《ありさわ》くん？」

俺が「お知り合いですか？」と尋ねると、「ああ」と言って丈一郎さんが続ける。

「彼は一緒の病院で働いている医師だよ。今日は非番だったはずだが……。どうやら私に用事らしい。君たちは先に家の中へ入っていてくれ。佐々木、あとは頼む」

丈一郎さんが車から降りると、佐々木さんがそのまま敷地内へと車を移動していく。

「何かあったのかな、病院で」

環奈が何気ない様子で口にするが、確かに有沢という人物がどこか焦っている様子だった。

もしかしたら丈一郎さんを頼らなければならないような急患でも入ったのかもしれない。

俺と環奈は真っ直ぐ家の中へと入り、出迎えてくれた美奈子さんに挨拶《あいさつ》をしていた。

するとそこへ丈一郎さんが険しい顔つきで入ってくる。

「悪いな美奈子、すぐに病院へ向かう」

「どうかされたんですか？」

「大量の患者が運び込まれたようでね。私の手も借りたいらしい」

「モンスター事案、ですか？」

俺がそう尋ねると、丈一郎さんが「うむ」と頷《うなず》く。

「どうやら病院の近くにある公民館がダンジョン化したらしい」

……何？

丈一郎さんが勤務している病院の居場所は知っている。そこの近くの公民館となると……。

あの公民館……だよな？

思い浮かべるのは、十時と遭遇《そうぐう》した公民館だ。

「あそこの公民館は避難所になっていたはず。まさかダンジョン化してしまうとは……美奈子、丈一郎さんは、挨拶をそこそこにして再度家から出て行った。

「お父さん、頑張ってね！」

「はい、あなた。お気を付けて」

あとは任せたぞ」


丈一郎さんは夜になっても帰っては来なかった。

電話がないので連絡は取れないが、相当に忙しいということだけは分かる。

それにしてもほとんどタダ働きに近いというのに、よくもまあ他人を助けるために奮闘できるなと感心してしまう。

平和な日本なら、給料を対価として頑張ることはできるだろう。

人間、見返りがあるから一生懸命になれる。

しかし今の世の中で、給金は見返りにすらならない。それよりも食料の方が価値が高いから。

金なんて幾らあったとしても食えないし、文字通り宝の持ち腐れだ。

なのに丈一郎さんは寝る間も惜しんで、見返りすら求めずに他人の治療に当たっている。

ああいう人こそ、本来人間のあるべき姿なのだろう。

とても俺じゃ真似《まね》できない。金をもらえるならともかく、対価もなしに他人を助けるなんて反吐《へど》が出そうだ。

　せめて助ける理由があれば分かるが、無償で誰かを助けたいなんて、今の俺は……もう思わなくなった。

「にしても公民館がダンジョン化ねぇ」

　ベッドの上に仰向《あおむ》けになりながら、ふとそんな言葉を口にした。

「つくづく十時も運がない奴だ」

　いや、一度は地獄から救われた身だ。運は良い方なのだろう。

　あの時は十時に会ったが、ダンジョン化した時にはすでに公民館を離れている可能性だってある。

「ま、俺が気にするようなことでもねえか」

　ただ少し気になるのは、あの小さな子供――十時の妹だ。確かまだ五歳。

　できるなら無垢《むく》な子供は助かってほしいと願う。まだ何色にも染まっていない綺麗《きれい》な存在なのだ。

　もしかしたら彼女は、俺が通っていた学校の生徒や教師のようなクズにはならないかもしれない。

　そう、人として優れた丈一郎さんのような人格者になる可能性だってある。

　だからもし生き残れるなら生き残ってほしいとは思う。

「もう深夜二時か。そろそろ寝るかな」

そう思い、《変身薬》を飲んで瞼《まぶた》を閉じようとしたその時、車が走って来る音が聞こえた。

そして福沢家の敷地内へと車が入ってきたようだ。

「……帰ってきたのか？」

俺は少し気になり身体《からだ》を起こし、窓の外から見える門の方へ視線を向けた。

やはり佐々木さんが運転する車がそこにある。

せっかく起きているのだから、挨拶がてら話でも聞こうと思い部屋を出た。

するとちょうど丈一郎さんと鉢合《はちあ》わせをする。

「おや、もしかして起こしてしまったかい？　すまないね」

「いいえ、まだ寝ていませんでしたから」

「はっは、気を遣わせて申し訳ない」

本当に寝ていなかったのだが、俺が気遣った発言をしたと誤解されたようだ。

丈一郎さんを見ると、かなり疲弊《ひへい》し切っているように見える。

恐らく今の今までずっと戦場で腕を振るっていたのだろう。無理もない。

「大変だったようですね。良ければこちらへどうぞ」

「え？」

俺は彼を部屋へと招き入れ、テーブルに着かせた。

そしてカップとポットを用意し、美しい橙《だいだい》色に輝く液体をカップへと注ぎ込む。

「どうぞ、《オーロラティー》と呼ばれる紅茶です。疲れが吹っ飛びますよ」

もちろんこれも今、《ボックス》から出したファンタジーアイテムの一つ。いや、ファンタジー料理か？

「せっかくだから頂こうか。…………ふはぁ～」

蕩《とろ》けるような恍惚《こうこつ》の表情を浮かべる丈一郎さん。まるで冷え切った身体で、あったかい風呂に浸かった時のような癒《いや》しを受けた顔をしている。

「ん？　おお……これは」

「ね？　疲れもついでに眠気も吹っ飛んだでしょ？」

「こ、これもまさか君が作った？」

「ええ、効能は疲労回復と眠気防止です。長時間働く人のために作った薬の一種ですね」

「……いや、まいった。本当に君は凄《すご》い」

「いえ、凄いのは鳥本一族の力です。俺はただ、与えられたレシピに従って調合を施《ほどこ》しているだけで」

「しかしその調合も普通の人間には叶わないのだろう？」

「まあ……そうですね」

普通の人間というか、俺だけしか不可能だけど。

「私にも君のような力があれば良いのだがね」

「そうなっていたら、きっとあなたは国の良いモルモットとして生を送らされていた可能性が高いですよ」

「っ……はぁ、完全に否定できないのが悔《くや》しいよ」

これだけの稀有《けう》な力だ。必ず解明して量産しようと企《たくら》むはず。多少無茶な実験でも、その者の意思を無視して行われるだろう。そこに人間としての幸せなど一切ない。あるのはモルモットとしての役割と悲惨《ひさん》な結果だけだ。

「そんなに激戦区と化していましたか、病院は？」

「ああ。各地で次々とダンジョン化が起こり、その被害者は後を絶たない。毎日病院には患者が担《かつ》ぎ込まれてくる。その中でも今日は特に酷《ひど》かった」

「確か避難所に指定されている公民館がダンジョン化したんでしたよね？　被害はやはり甚大《じんだい》でしたか」

「うむ。強大なモンスターに襲撃され、ほとんどの者が手遅れだった。それでも一縷《いちる》の望みをかけて手術を施すのが医者の務めだ」

きっと丈一郎さんも次々と執刀し、けれど失われた命がたくさんあったのだろう。

「ただうちの病院はまだマシな方だろう。全国的に停止したライフライン……水道やガスだって備えはあるし、電気も自家発電機や蓄電池、それに太陽光発電システムも取り付けてあるからね」

それは凄い。まさに盤石の準備だ。

「ここらは昔、震災に見舞われたことがあったからね。その時の教訓として、病院の設備だけは完璧《かんぺき》にしておこうということになったのだ」

そういえば確かに昔、ここらで大きな地震があったって聞いたことがある。信じられないくらいの被害者と、多くの悲劇を生んだ。

「しかし備えたライフラインが保てない病院だって出てきているはずだ。……酷いものだよ」

水や電気が使えない病院を思うと、確かに悲惨な地獄と化しているような気がする。それに中には病院そのものがダンジョン化しているケースだってあるだろう。

「そういえば公民館はそのあとどうなったか聞いていますか？」

「そうだなぁ……聞いた話でしかないが、ただいまだに建物内に取り残されている人もいるようだ」

「取り残されてる人が？」

「ああ。それにダンジョンと化す前、公民館ではある問題が起きていたらしくてね」

「問題？」

「何でも大勢の若者たちが、公民館を襲撃したっていうんだ」

「襲撃ですって？」

「狙いは食料や水だったそうだよ」

……なるほど。それなら納得できる。

今の世で、食料や水は宝そのものだ。弱者から奪い取ろうとしてもおかしくはない。

「まったく……嘆《なげ》かわしいことだよ。こういう時代だからこそ、人と人が手を取り合っていかなければならないというのに」

それは医師として正義感溢《あふ》れる丈一郎さんだからこその見解だろう。

人間はそんなに賢くも綺麗でもない。その中身はどす黒く、とても醜《みにく》いものだ。

「その若者たちの襲撃の最中にダンジョン化が起きたらしくてね」

「そうだったんですか。襲撃をした若者にとっては因果応報《いんがおうほう》って感じですね」

「はは、仏様ならそう仰《おっしゃ》るかもしれない。事実、多くの若者たちが命を失ったようだし。こちらも手は尽くしたがね」

自業自得《じごうじとく》だし、それはしょうがないような気がする。奪おうとする者は、奪われることも覚悟するべきだ。

「ただ運ばれてきた若者によると、若者たちを指揮していた少年がいて、その少年はいまだ公民館に取り残されているらしいよ。元々公民館に身を寄せていた者たちと一緒に」

「そいつ、一人残されてるとなると、他の人たちに叩き出されてるんじゃないですかね」

だって襲撃をしてきた奴なんだ。俺だったらそいつを囮《おとり》にでもして、公民館から脱出する。

「どうだろうね。警察が動いて何とかしてくれることを祈るしかないかもなぁ」

「警察はまだ動いてなかったんですか？」

「警察だって万能じゃないし、被害地は公民館だけじゃない。あちこちで公民館のような事件が起きているから手が回らないのだろう」

　警察だって人に限りがある。自衛隊だってそうだろう。今も、もっと大規模なダンジョンで奮闘しているはずだ。

　警察にとって優先すべき場所というのも存在するだろうし、公民館へいつ手が回されるか分かったものじゃない。

「……そういえばあの子の訴えはキツかったなぁ」

「ん？　何か言いましたか？」

　それは無意識での言葉だったのか、丈一郎さんが小声で何かを言ったのだが聞き取れなかった。

「あ、いやすまない。実はね、比較的軽傷の子が運ばれてきたんだが、その子が私に言ったんだ。『妹がまだ公民館に取り残されている』ってね」

「……なるほど」

「しかもまだ五歳らしい」

　……え？　妹……五歳？

ある予感が脳裏《のうり》を過《よぎ》り、無視すれば良いのに聞いてしまった。

「そ、その訴えてきた子は、まだ若いんですか？」

「ああ、高校生だって言ってたよ。名前は確か――十時と言ったかな」

!?　まさかと思ったが、予想が的中してしまった。

「……？　鳥本くん？」

「！　……何でしょうか？」

「いや、何だか固まっていたから。もしかして知り合いだったかい？」

「いえ、ただ不憫《ふびん》だなと思いまして」

「そうだね。五歳の子供が、地獄の中へ放り込まれているのだから気が気じゃないだろう。できるなら助け出してあげたいが」

それから丈一郎さんは、紅茶の礼を俺に言うと、風呂場で身体を洗ったあと、着替えをしてまた病院へと戻っていった。

ここには着替えを取りに戻ってきただけのようだ。

そして俺は一人、ベッドの上で寝っ転がり、染み一つない天井を見上げていた。


――翌日。

俺はソルを福沢家に預けて、一人ある場所へとやってきていた。

【令和《れいわ》大学総合病院】――そこは丈一郎さんが勤める仕事場である。

何故俺がここに来たのか、正直俺にもよく分かっていない。

ただ何となく気になり、坊地日呂《ぼうちひろ》の姿でここへ足を運んでしまっていたのだ。

待合室は常に満員状態で、救急もまたひっきりなしにサイレンの音が響いていることから、超多忙なのだろう。

受付や看護師たちも精一杯顔には出さないようにしているが、時間に追われている様子がありありと見える。

「……はぁ、こんなとこまで来て何やってんだか」

自分で自分がアホらしくなる。

ここに来た目的。そんなこと分かっていた。

丈一郎さんに聞いた、ここに運ばれたという十時恋音《こいね》のことが気になっているのだ。

公民館で完全に決別しておいて、一体俺は何をしているんだか。

それに彼女の病室も知らないし、ナースステーションでも聞きづらい。かといって一つ一つ病室を見て回るのも変だ。

少し頭を冷やそうと思い、病院の屋上へと向かった。

そこは軽く散歩できるくらいに広く、緑や花壇《かだん》などもあって、憩《いこ》いのスペースとして確保されている。

ベンチなどに座って風を浴びている患者もいた。

「へぇ、結構見晴らし良いんだなぁ。めっちゃ高えし、さすがは大病院」

俺はフェンスへと近づき、そこから見える眺望に思わず感嘆《かんたん》していた。

すると何気なく顔を右に向けると、雨除けの屋根の下に設置された一つのベンチに座っている人物を発見する。

……！　………十時。

そう、彼女だった。右足にギプス、傍には松葉杖《まつばづえ》が立てかけられている。ピンク色のパジャマ姿で、意気消沈した様子で顔を俯《うつむ》かせていた。

まさかこんなところで会うとはと思い、思わずギョッとしてしまったが、すぐに表情を引き締めて、彼女の背後へと少しだけ近づく。

「っ……ひぐっ……」

突然嗚咽《おえつ》し始めた十時に、俺は反射的に足を止めてしまう。

顔を両手で覆《おお》い、十時は涙ながらに喋《しゃべ》り始める。

「まひ……なぁ……っ」

まひなとは彼女の妹の名前だ。

「誰かぁ……っ、神様……お願いっ……しますっ！　どうか妹を……まひなを助けてっぇぇ

「……！」

もう彼女には祈ることしかできないのだろう。

今の状態の彼女では、満足に歩くことすらできないから。

ただそんな願い、神様が叶えてくれるとは絶対に思っていないはずだ。

もしそうなら、世界がこんな状態になっていないし、大切な妹が危険に晒《さら》されたりなんかしないだろう。

世界はずっと平和で、笑顔だけが溢れる世の中になっているはず。

それでも彼女は、ありもしない希望に縋《すが》ることしかできないのだ。

俺は柱の陰に身を潜ませながら、ジッとその場から動かない。

そして不意に十時が懺悔《ざんげ》するかのように口を開く。

「……これももしかしたら、私が最低なことをした罰……なのかも。自分可愛《かわい》さに……坊地くんを見捨てた私への……っ」

!?　……本当にバカな奴だ。いつまで俺のことを引きずっているつもりだか。

「ごめん……ごめんなさいっ……坊地くん………ごめんね、まひな……」

最後にその言葉を聞いた俺は、静かにその場を後にした。

第五章 ざまぁをくれてやる

病院から出た俺が向かったのは——公民館。

いまだ警察は動けていないようで、バリケードも何もされていない。

そのせいで、公民館の周りには人気《ひとけ》がなく閑散《かんさん》としていた。

調査してみると【中級ダンジョン　モンスターの数：23　コア：1】と判明する。

さすがにこれまで攻略してきた下級とは違い、モンスターの数は跳ね上がっていた。

「攻略するとしたらモンスターはある程度放置して、真っ先にコアを破壊すべきなんだが……」

公民館はそこそこ規模が大きい。ここは図書室も併設されていることから、普通の公民館よりも広いのだ。

建物は三階建てで、地下室まである。

一階は絵画などの美術品が飾っているギャラリーや、グループ室などがあり、二階は多目的ホールとなっているのだ。会議室や音楽室、また児童室なども設置されている。

三階が図書室兼イベントホールとして利用されているようだ。

“SHOPSKILL”
sae areba
Dungeon ka sita
sekaidemo
rakusyou da

一度、この公民館には小学生の時に社会科見学として訪ねているから覚えている。

「幸いなのは周りに人がいないこと、だな」

これなら多少人外じみた力を振るったところで、誰にも見られる心配はない。

しかし念には念を入れておく必要はあるので、《変身薬》を使って細マッチョなスポーツマンタイプの男性へと姿を変えた。消防隊員とかにいそうな感じだ。

俺は周りを警戒しながら公民館へと接近するが、入口にモンスターが二体いる。気づかれずに侵入することは難しいだろう。

《鑑定鏡》を使って調べてみると、ソルジャーゴブリンという、ゴブリンの上位種だということが分かった。

確かにゴブリンと似通っている風貌《ふうぼう》ではあるが、身体《からだ》つきが一回り大きいし、その手には物騒な剣を握っている。

「ランクはEか。ソル、行けるな？」

「はいなのです！」

ここに来る前に、ソルを福沢家《ふくざわ》から回収しておいたのだ。

ソルは俺の指示に従って高速で飛行し、ソルジャーゴブリン二体の胸を貫いて、瞬く間に討伐《とうばつ》してしまった。

よし、さすがはソルだな。

ソルと出入口で合流し、そのまま素早く中へと入って行く。

「ソル、お前はこのまま二階へ上がって探索。何かあれば《念話》で知らせろ。特に問題なければ、そのまま三階も頼む」

「任せてくださいなのですぅ！」

ソルはCランクだ。そんじょそこらのモンスター相手に遅れは取らないだろう。

俺はソルと別れると、一階を隈《くま》なく探索することになった……が、

「こいつは酷《ひで》えな……」

あちらこちらに血の跡があり、骨のようなものまで散らばっている。まず間違いなく、モンスターに食われたであろう人間の骨だ。

すると目前にある扉の前に、先程のソルジャーゴブリンがうろついていた。

……できるだけ音を立てずに仕留めるには……コレだな。

俺は《ボックス》から、キューブ状の物体を取り出す。

そしてその物体を、奴が後ろを向いた瞬間に投げつけ、その身体に当ててやったのだ。

直後、キューブの真ん中に亀裂が走りパカッと二つに分かれ、その中にソルジャーゴブリンが圧縮された感じで吸い込まれて消えた。

ソルジャーゴブリンを吸い込んだキューブが、元の形へと戻って床へと落下する。

コトン――と、小さな音だけを立てて転がったキューブが、僅《わず》かに発光していた。

しばらくすると発光が収まり、俺はふぅ～と息を吐く。

今のは《モンスターキューブ》というファンタジーアイテムだ。

見て分かるかもしれないが、モンスターに当てることで発動し、その効果は捕縛《ほばく》。キューブの中にモンスターを閉じ込めておくことが可能なのである。

ただしランクが高ければ高いほど失敗率は上がるので、捕縛できるかはランクと時の運といえるだろう。

ソルジャーゴブリンがいなくなったお蔭《かげ》で、その先の扉へと進むことができる。

ただ扉に触れる前に、またも《ボックス》からある機械を取り出す。

それは時計型のデバイスで、名前を――《トラップウォッチ》。

その名の通り、罠《わな》を探知し知らせてくれるし、解除も行うことができる優れモノだ。

扉にはトラップが設置されていることが多いので、俺はこのアイテムを操作して確かめてみた。デバイスから出る赤い光が扉に当たると、それで罠かどうか判定してくれる。

すると案《あん》の定《じょう》、画面には反応があり、トラップが設置されていることが分かった。

デバイスに備わっている解除ボタンを押すと、今度は青い光が出て扉に当たる。そして少しすると、デバイスの画面にＯＫという文字が浮かび上がった。これで解除成功だ。

扉を開けて中へ入ると、そこはいろいろな展示品が飾られているギャラリースペースが広がっていた。

俺は周囲を警戒しながら歩いていると、右側の壁に飾られていた人物画の中から、まるで3D映画のように人物が飛び出てきて、俺の首を絞《し》めてきたのである。

「ぐっ……こ、このぉっ！」

顔面を殴《なぐ》り飛ばしてやると、そのまま絵の中へと戻っていった。

しかしその戦闘をきっかけに、次々と絵の中から絵に描かれたものが出現してくる。

どうやらこの絵画自体がモンスター化してしまっているようだ。

ソルがいれば、すべて燃やし尽くしてやるんだが、俺はさすがに火を噴くことはできない。

それにこの数じゃ、《モンスターキューブ》も追いつかない。

だがコイツらはそれほど強いわけでなく、ゆったりとした動きでもあるので、次々とパンチやキックを繰り出して吹き飛ばしていく。

どうやらここにも人はいないようだ。そう判断した俺は、元の道を引き返し部屋から出た。

「ふぅ～、次の部屋を探してみるか」

一息吐くと、不意に何で俺がわざわざファンタジーアイテムを消費してまでこんなことをしなければならないのか、という疑問が浮かぶ。

ここに取り残されている人々を救ったところで、俺にメリットなどほぼないだろう。それどころかデメリットの方が大きい。

少なくとも俺という人外じみた力を持つ人間がいることを知られるのだから。それに貴重なアイテムだって消費している。正直バカげた行為にしか見えないだろう。

なのに何故……？

それを考えたら本当にバカらしくなるので、俺は頭を振って思考を捨て去る。どうせもう来てしまったんだ。こうなったら最後までやってから反省をすればいい。

俺は溜息を吐きながら、次の部屋を探索しようとしたところ、

〝ご主人！　聞こえますですか？〟

〝！　ソルか？　何かあったか？〟

〝二階のモンスターの掃討、終わりましたです〟

相変わらずすげえ強さだ。本当に頼もしいわコイツ。

しかし人の姿は発見できなかったという。幾つもの死体は発見したらしいが。

〝了解した。ならお前はそのまま三階へ向かってくれ〟

〝畏《かしこ》まりましたです！〟

仕事の早い部下がいるのは上司としてマジで助かる。

それにしても二階には隠れている人がいなかったか。一階にも今のところ見つからない。

十時の妹や他の連中は一体どこに隠れているというのか……。もしくはすでにモンスターに殺されてしまったのだろうか……。

そう考察しながら探索を進め、一階部分のほとんどを見て回った。

遭遇《そうぐう》するモンスターは、ほぼ《モンスターキューブ》に捕獲した。実はこの捕獲は、討伐よりもメリットがある。倒して素材はゲットできないものの、まだ生きているということで、新しいモンスターが増えないのだ。だから探索に非常に役に立つ。

ただ二階や三階部分のモンスターは、ソルにほぼ全滅させられているだろうから、その分のモンスターが一階に現れてもおかしくはないが。

「あとは地下……か」

俺は階段の前で佇《たたず》んでいた。そこへまたソルから連絡が入る。

〝ご主人、三階に生存者発見なのです！〟

〝何？　どこにどんな連中がいた？〟

〝図書室にあるスタッフルームという部屋の中に、三名の男女が立てこもっているみたいなのです〟

〝三名？　そこに子供はいるか？〟

〝いないのです！〟

〝そっか……ならそこは放置して、コアを探してくれ〟

〝救助は良いのです？〟

〝どうせコアを破壊すれば全員が助かる。いちいち見つけた奴らを引き連れて脱出してたんじゃや効率も悪いしな〟

それに目的の人物以外は、正直どうなっても関係ない。

〝了解しましたです！　では任務に移るですよ！〟

俺はそのまま地下へと降りていく。

そこは売店や身体《からだ》を動かすための体育室や、物置として使っている倉庫などがある。

売店には、すでに目ぼしい商品などなくモンスターが暴れ回ったのか、そこかしこが破壊されていた。

一つ一つの部屋を罠がないか確かめながら進んでいく。

比較的広い規模を持つ体育室には、やはりそれなりの数のモンスターがウヨウヨしている。

ここはレクリエーションや軽スポーツで使う、卓球台や体操マットなどが置かれていた。また社交ダンス用に鏡張りにした壁も設置されている。

どうやらここには人が隠れるスペースはないようだ。

俺はそっと扉を閉めると、次の探索に移っていく。

通路にもモンスターはいるが、《モンスターキューブ》を使ってサクッと片付けながら進む。

そうして最後に倉庫の扉を開けようとするが、どうも内側から鍵《かぎ》がかかっているようだ。

モンスターが鍵をかけるとは思えない。まさかと思い、俺はノックをしてみた。

もしモンスターが向こう側にいるなら、今の音に反応して何かしらの気配を感じ取ることができるはずだが、不自然なほど静かである。

「……………もしかして誰かここに隠れてますか？」

意を決して声をかけてみると――。

「た、助けが来た!?　お、おいみんな！　人がやって来たぞ！」

向こう側から複数人の声音《こわね》が飛び交う。やはり取り残されていた人たちが、この奥に隠れていたようだ。

するとガチャッとロックを外す音がしたあとに、ゆっくりと開いた。

そしてその奥にいる人が、俺の顔を見て心底安堵《あんど》したような表情を浮かべる。

「か、怪物は？」

「一応ある程度倒しました」

「た、助かるんだね、我々は！」

「落ち着いてください。嬉しいのは分かりますが、あまり大きな音を出さないでください。まだモンスターはいるんで、気づかれると厄介《やっかい》ですから」

すると喜びそうになった者たちは、一様に口を押さえた。
一、二、三……全部で六人。倉庫自体はとても狭く、物もいっぱいあるから鮨詰《すしづ》め状態だ。よくもまあここで何十時間も耐えたものである。
しかし残念ながら、ここにもお目当ての人物はいなかった。

「あの、助けに来てくれたのは君一人かい？」

スーツを着用した六十代の男性が、俺に尋ねてきた。

「はい。どうやら僕の知り合いが取り残されていると聞いたもので、いてもたってもいられず。それで……お聞きしたいんですが、五歳くらいの女の子はいませんでしたか？」

俺はまひなの特徴を覚えている限り伝えた。

「う〜ん、誰か知ってるかい？」

他の人に聞いてくれる男性。するとその中の一人が答えてくれた。

「ああ、その子なら……アイツが人質にしてたよ」

人質という言葉に思わず表情が強張《こわば》ってしまう。

「アイツ……とは？」

「ここにモンスターが現れる前に、若い連中が食料とか飲み水を出せって襲い掛かってきたんだ」

「それは噂《うわさ》で聞いています」

「そんで、最初はもちろん公民館の人たちも拒否してたんだけど、アイツ……若い連中を仕切ってたリーダーみたいな奴が、その子供を人質にしやがったんだよ」

当初、若い連中が攻めてきた時、十時たちは公民館の中へ避難したらしい。

だが若い連中……もう賊《ぞく》でいいか、賊が建物内へ攻め入り十時たちを追い詰めていった。

三階まで追い詰められた十時たちの中から、子供たちを見繕《みつくろ》って賊が人質にし、屋上にある物置小屋に閉じ込めたらしい。解放してほしかったら言うことに従えと言って。

「屋上……」

そんな場所がまだあったのか……。

さすがに子供たちを見捨てるわけにはいかないということで、職員たちも食料などを渡すことを決めたという。

だがその直後に、ダンジョン化が起きてこんな事態になってしまったとのこと。

「じゃあ屋上に行けば子供たちが？」

「多分……けど、アイツや他の仲間たちも一緒に物置小屋に隠れてると思うし……」

そういう男性の表情は険しい。

すでに鬱陶《うっとう》しいからと子供たちが殺されている可能性があるのだろう。そうでなくとも囮《おとり》や何かで利用されたケースも考えられる。

〝ソル、すぐに屋上に向かえ。そこで物置小屋の様子を確認するんだ〟

〝畏まりましたです！〟

俺は少しだけ見えてきた希望を確かめるために、屋上へと向かわなければならない。

「あなたたちは、ここから早く脱出してください。俺は子供たちを救出に向かいます」

「き、君一人でかい⁉」

「その方が効率が良いので」

足手纏《あしでまと》いはいらねえからな。

俺はすぐさま踵《きびす》を返して、階段を勢いよく登っていく。

するとそこへソルから連絡が入る。

〝ご主人！　確認しましたです！〟

〝聞こう〟

〝屋上には六体のモンスターあり。そのうち一体はCランクのレッドアーマーというモンスターなのです〟

〝Cランク……強いのか？〟

〝全身に赤い鎧《よろい》を纏ってて、防御に定評のあるモンスターだったはずです。悔《くや》しいですが、ソルの火も通じないかと〟

なるほど。別格なモンスターがそこにいるということは、どこかしらにコアがあるということ。間違いなくそいつがボスモンスターだろうし。

〝コアの確認はできたか？〟

〝いいえ、少なくとも見える範囲にはありませんです。恐らくは例の物置小屋ではないかと〟

やはりそうなるか……。

〝小屋の中は確認できるか？〟

〝窓も内側から目張りされていて確認できないです〟

恐らくはモンスターに気づかれないように、中にいる連中が施《ほどこ》したのだろう。扉にも当然鍵《かぎ》がかかっているはず。しかも扉の近くに、例のレッドアーマーがいるので、おいそれと脱出もできないのだろう。

すでに子供たちは殺されていて、中にいるのが賊だけならこのまま放置して帰るのだが、少なくとも確認するまでは攻略を止めるわけにはいかない。

「仕方ないな。――《ショップ》だ」

俺はスキルを使って、〝ＳＨＯＰ〟へと赴《おもむ》く。

そこである商品を購入してから、それを手に取り屋上へと駆け上がっていく。

屋上へ到着した俺は、建物の陰に身を潜ませながら、さっそく購入した物品を使って、そこから見える物置小屋を確認した。

――《透視鏡》。

これは《鑑定鏡》と同じ作りではあるが、その効果はまったくもって違う。

文字通り、視《み》たものの中身を透視することができるのだ。

するとレンズを通して、物置小屋の中身が透けて見えた。

中には確かに人間がいる。その中で、十歳程度の子供が一人、五歳程度の子供が二人いた。

そのうちの一人は、間違いなくまひなだ。

どうやら全員生きている様子だ。表情から見るに、疲弊《ひへい》と恐怖で支配されている。

ただその子供たちに向けて睨《にら》みを利《き》かせている男が二人いた。

一人はナイフを持って、何やら干し肉のようなものをかじっている。

そしてもう一人は、銃を所持しているみたいだ。背中向きでどんな顔をしているか分からないが、銃を持っているということは、コイツが賊のリーダーなのだろう。

十歳児が、怯《おび》えているまひなちゃんたちを両脇に抱えている形だ。少しでもお兄ちゃんとして、小さな子たちを守ろうとしているらしい。しかしふと気になることがある。

……コアはどこだ？

そう、ダンジョンコアが見つからないのだ。てっきり物置小屋の中にあると思っていたが……。

そこへソルが俺の肩の上へと降りてきた。

〝ご主人、これからどうされますです？〟

〝無論子供たちは助けるつもりだ。せっかくここまで来たしな〟

〝あの物置小屋に子供たちが？〟

〝ああ。そしてここを襲撃した賊が二名いる。コイツらは放置して構わん〟

〝了解なのです。ですが、他のモンスターならともかく、レッドアーマーはどうされますか？

ソル一人じゃ、少々手に余るです〟

……《レベルアップリンⅡ》を購入してソルに与えるか？

しかし一億円もするのだ。正直購入するのに躊躇《ちゅうちょ》してしまうほどの高額商品だ。

《レベルアップリⅠ》はたった三十万円だったのに、冗談としか思えないほどの格差である。

残高で購入できるとはいっても、さすがにここで一億を注ぎ込むのは……。

〝ソル、他の五体のモンスターをまずは一掃《いっそう》だ。行け〟

ランク的にソルよりも格下であるモンスターを先に始末することにした。

ソルは返事をしたと同時に、目にも留まらない速さで飛翔し、モンスターへと襲い掛かっていく。

当然レッドアーマーも、自分たちが攻撃されていることに気づき臨戦態勢に入る。腰に携《たずさ》えたその巨大な剣を抜き、高速で動き回るソルに向かって振るう。

しかし速度は圧倒的にソルの方が上で、そう簡単に攻撃は当たらない。

ソルは、レッドアーマーの攻撃を回避しつつ、他のモンスターたちに火炎をブチ当てたり、いつものように貫通力のある突進で仕留めて行く。

いいぞ、ソル。その調子だ。

そうして時間をかけて五体のモンスターが、ソルによって大地へと沈んだ。

残りはレッドアーマーただ一体。

しかしソルが噴く火は弾き飛ばすし、突進は鎧が軽く傷つくくらいで終わっている。まるで防御力のバケモノだ。

だがソルが奴を引きつけている隙《すき》に、《透視鏡》を見ながら物置小屋へと近づけた。

突然起こり始めた戦闘に興味を持ったのか、窓の目張りを取って、男たちが外を確認し始めている。

そして俺は、そんな窓から覗《のぞ》き込む賊のリーダーと目が合った。

刹那《せつな》——思わず呼吸をするのを忘れてしまうほどの衝撃を受ける。

何せ、もう二度と会いたくないと思っていた奴がそこにいたのだから。

「——————王坂《おうさか》……？」

そいつはまさしく王坂藍人《あいと》だった。

人を常に見下すような目つきと、傲慢《ごうまん》な態度そのままに、何も変わっていない奴の姿がそこにあったのである。

すると王坂は、助けが来たと思ったのか、窓を勢いよく開けると、

「おいそこのオッサン！　俺を助けろ！」

バカっ……そんな大声を出したら——っ!?

案《あん》の定《じよう》、王坂のせいで、レッドアーマーが俺の存在に気づいてしまった。

ソルの相手を中断し、俺のところへと駆け寄ってくる。

マジでこのクソ王坂、ろくなことをしねえな！

「き、来やがったっ!?　おいこらてめえ、さっさとそのバケモノを倒しやがれ！」

相変わらずの物言いだ。まったくもって救い難い。

ただこのままでは俺が餌食《えじき》になってしまう。

すぐさま距離を取って離れようとするが、レッドアーマーが大剣を薙《な》ぎ払ってきて、俺は間《かん》一髪《いっぱつ》回避するものの、大剣はそのまま物置小屋へと届いてしまう。

物置小屋の壁をあっさりと叩き潰してしまい、同時に悲鳴と鮮血が周囲へ飛び散った。

まさか子供たちが今ので……!?

そう思い入口から中央にかけて半壊してしまった物置小屋を注視する。

すると王坂の手下が、身体《からだ》を真っ二つに引き裂かれたような状態で横たわっていた。

その傍に、腰が抜けたように尻もちをついている王坂と、部屋の隅っこで縮こまっている子供たちを発見する。

どうやら今ので死んだのは賊一人だったようだ。いや……。

「いてぇぇぇぇぇぇっ!?」

どうやら今の攻撃で、足をやられたのか、王坂は血が噴き出ている右足を押さえている。

しかしそこへレッドアーマーが近づいてきた。

「ひ、ひイイイイッ!?」

レッドアーマーを前にし、王坂は情けない叫び声を上げ、さらに失禁までしていた。

そんな王坂を見下ろす、レッドアーマーが再び剣を振り被《かぶ》る。

このままだと子供たちまで巻き添えになってしまう。

俺はすぐさま駆け出し、レッドアーマーの横っ腹を蹴《け》ってやった。

《パーフェクトリング》で向上した膂力《りょりょく》は、ここでも通じるようで、レッドアーマーが、数メートルほど吹き飛ぶ。

〝ソル！　そいつを引きつけろ！〟

〝了解なのですっ！〟

ソルがレッドアーマーの周りをチョロチョロと翔け回り挑発する。

その間に、俺は子供たちへと近づいていく。そして出来る限り怯えさせないような声音《こわね》で「怪我《けが》はないか？」と尋ねた。

「う、うん……」

十歳の少年は涙目だが、まだ強がれる意思はあるようだ。

「あぁぁぁぁんっ！　ママァァァ～ッ！」

まひなではない、もう一人の幼児は、さすが我慢できずに泣きじゃくっている。

「ひっぐっ……ぐすっ……おねえちゃ……ん……！」

そしてまひなは、十時《ととき》のことを思いながら小さくなっている。

だが……。

「お、おい！　俺だ！　俺を助けろぉ！　金でも食べ物でも何でもやるからぁぁ！」

俺は王坂の言葉を無視し、子供たちを立たせる。

「今すぐ逃げるぞ。そこの出口まで走れ！」

俺がそう言うと、十歳の少年は幼児と手を繋《つな》いで出口へと向かっていく。

あとはまひなだけだと思い、彼女を抱きかかえようとしたその時だ。

――パァンッ！

乾いた音が屋上中に響き渡った。

見ると、王坂が銃を俺に向けて構えていたのだ。

「い、いいか？　そんなガキより俺を……この俺を優先しろ！　さもねえと殺すぞぉ！」

「…………」

「な、何黙っていやがる！　マジで殺すぞこらぁっ！　ていうかそのガキを殺す！　殺されたくねえなら、まずは俺を助けろクソ野郎が！」

必死な形相《ぎょうそう》を浮かべ、この期に及んでまだ脅《おど》してくる。

俺は堪《たま》らず大きな溜息を吐き出し、気づけば怒気を込めた言葉を奴にぶつけていた。

「――何も変わらねえな、お前は」

「……は、はあ？」

俺はまひなを庇《かば》うように立ち上がって、王坂と真正面から対峙《たいじ》する。

「な、何言ってやがんだオッサン？」

「……オッサン……ね。まあ、この格好じゃ分からねえよな、王坂」

「!? て、てめえ……何で俺の名前を……!?」

「お前がクズなことは高校でも分かってたけどな」

「高校……？」

「保護者の権力にしがみつき、自尊心と虚栄心の塊《かたまり》。そして、弱い者だけをイジメるしか能のないクズ野郎」

「な、何を言って……」

「分からねえか？　じゃあ……これで分かるよな？」

俺は変身を解き、自らの姿を王坂に見せつけてやった。

「――っ!?　お、お、お前っ…………坊地《ぼうち》……なのか？」

「その通りだ」

「い、生きてたのかよ……？」

「それはこっちのセリフだ、クズの王様？」

「くっ!?　てめえっ、調子に乗ってんじゃねえぞ、坊地のくせによぉっ！」

俺を見て愕然《がくぜん》としていた王坂だったが、銃を握る手に力を込める。

「立場ってもんを理解しやがれ坊地！　てめえはこの俺の玩具《おもちゃ》なんだ！　ご主人様の言うことを聞きやがれ！」

ああ……助かるわぁ。

「……ありがてえよ、王坂」

「は、はあ？」

「お前には同情の余地すらねえから……躊躇《ためら》わずに済む」

罪悪感なんて微塵《みじん》も感じないから。

「な、何を……」

「――ソルッ！」

俺が名前を呼んだ直後、王坂の銃を持つ右腕が宙を舞った。

「え…………う、腕ぇえっ!?　俺の腕がぁああぁぁあぁぁあっ!?」

切断された部分から勢いよく血が噴き出ている。激痛にもがき苦しむ姿を見て、ただただ地に這《は》う虫が苦しんでいるようにしか見えなかった。もう俺にとって、コイツはこんなにも矮《わい》小《しょう》な存在と化していたのである。

ソルは、王坂の腕を飛ばしたあとすぐに、またレッドアーマーの相手へと戻っていった。

「あっがぁぁあっ！　いでぇえっ、いでぇえぇよぉおっ！」

情けない声を上げながら、涙を流し床を転がる王坂。

俺はもうコイツには興味を失う。どうせそのまま放置したところで、モンスターに捕まって殺されるのがオチだろうから。あるいは出血多量で死ぬか。

そのまま踵《きびす》を返し、まひなちゃんと向かい合う。

俺の顔を見た彼女は「あ……」と、どこかホッとしたような表情を浮かべる。

「！　お、おにい……ちゃん？　トリしゃんのおにいちゃん？」

「ああ、そうだ。迎えに来たぞ、まひなちゃん」

俺が安心させるように膝を折って頭を撫《な》でてやると、まひなは俺に抱きついてくる。そしてそのまま声を上げて泣き始めた。

「よく頑張ったな。偉いぞ」

泣きじゃくるまひなをそっと抱きしめ、背中をポンポンと叩いてやる。

そしてそのまま彼女を抱えながらゆっくりと立ち上がった。

「すぐにお姉ちゃんのとこへ連れてってやるからな」

「ほんと？」

「ああ、本当だ。だからもうしばらく我慢してな」

「うん！」

正直、素顔を見せてしまったのは予想外だが、これぱかりは俺が感情的になってしまったせいだ。反省しなければならないな。

さて、あとはここから離脱するだけだが……。

〝ご主人！　レッドアーマーがそちらに向かいますです！〟

直後、脳内にソルの言葉が響き渡った。

見ればレッドアーマーが、再び俺たちをターゲットにしたのか向かってきている。

このまま見逃してくれれば穏便に事が終わったというのに。

「……しゃあねえな」

俺はまひなを左腕に抱え、《ボックス》を開いて、あるものを右手で取り出す。

それは赤と黒を基調とした一丁の銃。

「《爆裂銃》のお披露目だ──食らえ」

カチッと引き金を引いた瞬間、銃口から凄《すさ》まじい速度で球体状の弾丸が飛び出した。

そして弾丸がレッドアーマーの腹部に命中すると──ドカァァァンッ！

小規模爆発を引き起こし、レッドアーマーを後方へ弾き飛ばすことに成功した。

この銃で発射された弾は、今のように命中すると爆発するのだ。

ただし使いどころを誤れば、爆発の影響がこちらにも向くし、弾は自動生成されるものの、一度撃つと五秒間のリロード時間が必要となり、連射ができないという欠点もあるので、使う時は注意が必要である。

今の俺がしたことを、信じられないといった面持《おもも》ちで王坂が俺を見ていた。痛みすら忘れているかのようにだ。

イジメていた奴が、自分よりも圧倒的に強い存在を吹き飛ばしたことに愕然としているのだろう。

倒れたはずのレッドアーマーが、のっそりと起き上がってきた。

「これでもまだ倒せねえのか。さすがはCランクってとこだな」

それでも鎧《よろい》には無数のヒビが入っているようで、動く度《たび》にボロボロと剝《は》がれ落ち始める。

そしてちょうど胸部のプレートが外れた時、ギョッとするものが目に入ってきた。

「アレは――――コアか？」

これまで目にしたものと似たようなものが、奴の胸部に埋め込まれていたのである。

俺は今までコアは、ダンジョン内のどこかに隠されていると思っていたが、モンスターそのものに埋め込まれている可能性もあるってことを初めて知った。

「ならちょうどいい。これで――終局だ」

受けたダメージが大きいのか、のっそりとした動きのレッドアーマーに向けて、俺は再度銃の引き金を引いた。

弾丸は真っ直ぐ奴の胸にあるコアへと吸い込まれていき、そして――。

耳をつんざくほどの爆発とともに、レッドアーマーの身体《からだ》が霧散《むさん》し、光の粒となって空へと消えていった。これでダンジョン攻略だ。

建物内にいたモンスターもすべて消えただろう。

あとは子供たちを連れて外に出るだけ。

「――待ちやがれぇぇぇっ！」

出口へ向かおうとした矢先、またも王坂が声をかけてきた。

見ると、痛む右足を押しながら立ち上がり、左手で銃を向けてきていたのだ。

コイツ……まだ隠し持ってたのか。

「何か用か、クズ？」

「坊地ィイイッ！　その武器をォ……俺に寄越せェ！」

「アホか、断る」

王坂の額に面白いほどくっきりと青筋が浮かび上がる。怒りのボルテージがマックスを超えたのだろう。

無理もない。弱者でイジメの対象だった俺なんかに見下されているのだから。

「その目だァ……いつもいつもいつもいつもォォォッ、何でてめえは俺に屈しねェんだよォォォッ！」

コイツにあるのは、ただただ支配欲。相手を征服し、自分が上に立っていることを実感したいだけの小物。

力というモノを勘違いした哀れな存在である。

「てめえだけ！　てめえだけなんだよっ！　教師だって生徒だって全員がこの俺に逆らえねえ！　全部思うがままだった！　歯向かう奴は全員屈するか学校を去った！　ああ、哀れにも死んじまった奴もいたなぁ！　ったく、心の弱えクソどもだぜ！　アッハッハ！　そうだよ！　俺は学校では王だったんだ！」

そこまで自分を高く評価できるなんて、逆に感心させられる。

「なのに……なのに何でてめえは思い通りにならねえっ！」

「………………」

「その目を止めやがれぇぇっ！」

分かっていないようだ。今の俺の目は、コイツが他者を見る時と同じ目だというのに。

俺は抱いているまひなの顔を胸へと持って行き、これから起きることを見せないようにした。

「てめえは黙って、俺の言うことだけに従ってればいいんだよぉぉっ！」

いきなり発砲してきた王坂だったが、俺は銃口の向きとタイミングを見計らって回避した。

《パーフェクトリング》によって五感も鋭くなっているので、集中すれば今の王坂が放つ銃弾なんて簡単にかわせる。

ギョッとした王坂だったが、すぐにニヤリと笑みを浮かべた。

「い、今のはわざと外してやったんだァ。さあ、殺されたくなかったら、そんなガキを捨てて俺を下へ連れてけェ」

嘘を言うな。完全に狙ってただろうが。

……そうだな。コイツはもう、放置できねえ。ここらで終わらせておこうか。

「王坂……一つ覚えとけ」

「あァ？」

「人を傷つけることしかできないお前は——ただの獣だよ」

刹那《せつな》、またもソルによって残った左腕を吹き飛ばされた王坂。

「んぎゃあぁぁぁぁぁっ!?」

「いちいちうるせえよ、王坂」

俺は奴に向けて《爆裂銃》の銃口を向ける。

「ま、待て待てぇっ！　わ、分かった！　分かったよ！　謝るからっ！　だから殺さないでくれよぉぉぉっ！」

「お前に命乞《いのちご》いをする資格なんてねえよ」

俺は静かに引き金を引いた。

「え——」

それが王坂が、最期に口にした言葉だった。

彼は弾丸を受け、レッドアーマーのようにその身を爆散させたのである。

「お前のせいで自殺をした連中もいる。あの世で何度も殺されてこい、クズ野郎」

俺は銃を《ボックス》に片づけると、出口で待っているはずの子供たちのもとへ急ぐ。

子供たちと再会すると、「だれ？」的なことを言われたので、《変身薬》を使って救出した時と同じ顔を作った。

当然子供たちは不思議がっていたが、「これはヒーローとして姿を隠すためだ」というと、何故か感動したかのように子供たちは納得してくれたのである。

そして外に出ると、脱出した人たちと合流することができた。

恐縮するほど感謝されたが、俺は急ぎの用があるという言い訳で、まひなちゃんと一緒にその場を離れたのである。

※

屋上でひとしきり泣いた日の夕暮れ、わたしはそろそろ病室へ戻ろうと思い、松葉杖《まつばづえ》を手にした時だ。

「――恋音《こいね》！」

突如わたしを呼ぶ声がして振り向くと、そこには久しぶりに見る姉――愛華《あいか》の姿があった。

「お姉……ちゃん？」

地方の大学へ進学し、勉学が忙しくあまり実家に帰ってこないお姉ちゃんが、わたしに向かって駆け寄ってきた。

そのままギュッと抱きしめられると、

「良かったぁ……無事で良かったわ！　ここに運ばれたって聞いて……本当に心配したんだから！」

「お姉ちゃん……お姉ちゃん……ひぐっ……ふえぇぇぇぇんっ！」

わたしは久しぶりの姉の温もりに身を委《ゆだ》ねる。お姉ちゃんも優しく抱きながら頭を撫《な》でてくれていた。

ホッとする。大好きなお姉ちゃんが傍にいる。それだけで心細さが吹き飛ぶようだ。

ただ同時に申し訳なく思い、

「ごめん……なさいっ……ごめんなさいっ、お姉ぢゃぁぁんっ！」

いきなり謝るわたしに、当然のように理由を尋ねてきた。

「まひなが……まひながぁぁっ！」

ダンジョン化した公民館にまひなが取り残されていることを知らせた。

するとお姉ちゃんは顔色を真っ青にして「そんな……！」と涙目になる。

「すぐに警察を！」

わたしだって何もしなかったわけじゃない。病院の先生を通じて、警察に動いてもらうように頼み込んだのだ。しかし今は、警察も手一杯で公民館に人員を割けない状態だと伝えられた。

「だったら私一人でも救出に向かうわ！」

「ダメだよ！　あんな……あんな場所に一人で向かっても……ダメ……だよぉ」

教室や公民館で見たモンスターたち。あんな存在に、人間が一人で勝てるわけがない。

たとえ銃を持っていたとしても、だ。アレは理解を超えた存在である。

ここは現実で、ＲＰＧのような魔法やスキルなんて存在しない。弱者であるわたしたちが何の策もなく戦える相手じゃないのだ。

「でも！　でも……っ」

お姉ちゃんも助けに行きたいのだろう。しかしわたしの言っている意味も分かっている。一人で行けば、必ず返り討《う》ちに遭《あ》うと。

そうなればわたしを一人ぼっちにしてしまうことも、お姉ちゃんが躊躇《ちゅうちょ》している理由だろう。

「ごめんなさい……私が……まひなを人質に取られたから……！」

──王坂藍人。まさかあそこで再会し、あんな暴虐《ぼうぎゃく》を起こすとは思わなかった。

あの人のせいで、すべてはおかしくなったのだ。

どうしてあんな酷《ひど》いことが平気でできるのか分からない。

……でもそんな酷い人に従ってたのはわたしも同じで、本当に自分が情けなくなってくる。

するとその時、だ。

「――――おねえちゃぁぁぁんっ！」


一瞬幻聴かと思った。

でも――。

「おねえちゃぁぁんっ！」

その声に縋《すが》るような気持ちで顔を向けると、そこには――愛《いと》しい妹の姿があった。

満面の笑みで両手を振っている。そしてこちらに向かって走ってきた。

まひなに会いたくて、とうとう幻聴のみならず幻覚まで見えてしまったのか……。

そう思われたが、お姉ちゃんもまた「ま……まひな?」と口にしている。

つまり、わたしが見ているのは幻でも夢でもない、紛《まぎ》れもない現実だった。

「まひなぁぁぁあっ！」

わたしはお姉ちゃんの腕から離れ、少しでもまひなのもとへと、骨折している右足を引きずりながら前へと進む。

そして膝をつき、飛び込んできたまひなを、その身体《からだ》で受け止めた。

このニオイ、温もり、そして……。

「おねえちゃぁぁん！」

間違うことのない可愛《かわい》らしい声音《こわね》。

そのすべてがまひなそのものだった。

「まひな！　まひななんだよね？」

「うん！　まーちゃんだよ！」

「まひなぁぁぁっ！」

力強く抱きしめる。そこへお姉ちゃんもやってきて、わたしたち二人を何も言わずにそっと抱いてきた。

「あいりおねえちゃん？」

「……ええ、無事で良かったわ、まひな」

「えへへ～、おかえりなしゃい、あいりおねえちゃん！」

「ただいま、まひな。でもどうしてここに？　一人……じゃないわよね？」

そうだ。一人で公民館から脱出できるわけがない。よしんばできても、ここまで来られるわけがないのだ。わたしがここにいることなんて知らないはずだし、道だって分からないのに。

「あのね、あのね！　おにいちゃんがたすけてくれたの！」

「おにいちゃん？」

当然お姉ちゃんも気になったようで聞き返した。

「うん！　あそこにね…………あれぇ？」

まひなが振り返って指を差すが、そこには誰もいない。

「おにいーちゃぁぁん！　……あれ？　どこいったのー？」

まひなもその人物を呼ぶが、やはり反応は返ってこない。

「ま、まひな？　そのおにいちゃんってどんな人？」

今度は私が尋ねた。

「えっとねー、トリしゃんのおにいちゃん！」

「鳥……？」

鳥とお兄ちゃんと聞いて思い浮かぶのは、わたしの中ではたった一人しかいかなった。

わたしはハッとすると、すぐに松葉杖を使って屋上の出口の方へ向かう。

「ちょ、ちょっと恋音、どうしたのよ!?」

慌ててまひなと一緒にわたしを追いかけてくるお姉ちゃん。

わたしは出口でキョロキョロと周囲を見回すが……。

「…………いない」

「まったく、いきなりどうかしたの？　もしかしてそのお兄ちゃんって人に心当たりでも？」

「……うん、多分。ううん、絶対」

間違いなく彼だ。でも何で……？

もし彼なら、どうしてまひなを助けてくれたんだろう。

そんな義理だってないはずだ。それにただ助けたわけじゃない。あんな場所に行くなんて自殺行為に等しい。

命を天秤《てんびん》にかけるなんて、そんなことしてくれるわけがない。

だってわたしは……彼を裏切ったんだから。

「おにいちゃん……いない？　またトリしゃんとあそびたかったのに……」

また……やはり坊地くんで間違いないみたいだ。

「坊地くん……」

「ぼうち？　それがまひなを助けてくれた人の名前なの？」

「……うん。ねえお姉ちゃん……実はね——」

わたしは自分が彼に対してしてしまったこと。そして彼と公民館で再会したこと。また彼が間違いなくまひなを救い出してくれたことを伝えた。

お姉ちゃんは途中から険しい眼差《まなざ》しをしていたが、話し終わったあとは「そっかぁ」と溜息交じりに口にしたのである。

「そんなことがあったのね」

「お姉ちゃんが言ってくれた正しいこと……できてなかった。後悔《こうかい》ばっか……だよ」

「……そう」

「……わたしは坊地くんに最低なことをした。なのに……どうして助けてくれたのかな？」

「さあ？　それはその彼にしか分からないわよ。でも……忘れちゃいけないことはあるわ」

「それって……」

「まひなの命の恩人だってこと」

「!?　……そうだね」

「そしていつか、また再会した時に、ちゃんとお礼を言うことよ」

その通りだ。それが人として当たり前の行為。

クラスメイトとして、人として何もしなかったわたしが、唯一できることだ。

もう二度と会わないことが償いだと思った。だってそれを彼が望んでいるから。

でもやっぱりそれじゃいけないと思う。このまま何もなかったことなんてできない。

もう間違ったことに目を逸《そ》らしたくない。後悔なんてしたくない。

だから――。

わたしは茜《あかね》色に染まる空を見上げながら想う。

坊地くん……わたし、諦めないから。許してほしいなんて思わない。だけどあなたのために、わたしができることをするから。

だからまた会った時は――。

それが、わたしが出した答えだった。

エピローグ

"SHOPSKILL"
sae areba
Dungeon ka sita
sekaidemo
rakusyou da

「おかえりなさーい、鳥本《とりもと》さん！」

福沢《ふくざわ》家に帰ってくると、真っ先に環奈《かんな》が笑顔で出迎えてくれた。

「あれ？　ちょっと疲れ気味？」

「あはは、少し歩き過ぎたよ。やっぱり交通手段が限られてるのはしんどいね」

「そうだよね。電車とか使えないし、バスだってほとんど運休してるんでしょ？」

まあ疲れてる理由はソレではないが。

ただ今後、地方へ行く時に電車などが使用できないとなると痛手だ。

やはり〝ＳＨＯＰ〟で足を手に入れる必要がある。

環奈が晩御飯どうすると聞いてきたので、食べてきたと言って、すぐに自室へと向かいベッドに飛び乗った。

「……ふぅぅぅ～」

ぼ～っと天井を見上げながら、我ながららしくないことをしたと溜息を吐く。

「何で助けに行ったかなぁ……」

正直なところ自分でも分からない。そもそも十時《とき》がいた病院へ向かったこと自体も変だ。もう完全に決別した連中だった。どうでもいいクラスメイトの一人だったはずなのに。

「ちっ、こんなことなら公民館ですぐに別れてりゃ良かった」

アイツには今、両親がいない。父親はおらず、母親は海外へ出たっきり。姉妹二人だけで生活を余儀《よぎ》なくされていた。だからか、もしかしたら僅《わず》かに同情でもしてしまったのかもしれない。

俺と似たような境遇のあの姉妹を――。

「……はぁ。まあ……何事もなく終わったから良いか」

別にメリットがなかったわけじゃない。

流れ的に倒すことになったレッドアーマーだが、その素材は高く売れたし、《コアの欠片《かけら》》だって手に入った。

それに……メリットと言えるか分からないが。

最期に見せた王坂《おうさか》の表情が脳裏《のうり》に浮かぶ。

「はは……ざまあねえなぁ、王坂」

もう関係ないと決めていても、やはりまだ自分の中では怒りや憎しみがあったのかもしれない。

だから奴を自分の手で仕留めたことで、どこかスッキリとした気分が心にあった。

「でも……人を殺すってこんな感覚なんだな」

悪党は悪党だし、殺しても良心の呵責《かしやく》すら湧かない相手ではあったが、それでも人の命を奪ったという事実にはショックを受けている。

当然だ。動物や虫の命じゃないんだ。

俺と同じ人間の……命。

それを奪ったのだから重みもあって当然である。

けれど後悔はしない。あの場ではあれが一番正しい選択だったから。

アイツを放置していては、きっとその後の俺の人生にも障害となっていたはず。

「……ご主人？」

「ソル……何でもねえよ」

心配そうに俺の顔の傍で「ぷぅ」と鳴いているソルの頭をそっと撫《な》でてやる。

「今日はお前にも大分頑張ってもらったしなぁ。明日、特別に大盛りマッシュポテトでも作ってやるから」

「わぁ、ほんとなのです!?」

「ああ、マジマジ」

「やったーなのですぅ！」

俺は「よっと」と口にしベッドから立ち上がると、そのまま窓の方へと向かう。

今日は満月だ。

憎らしいほど美しい金色の輝きを地上へ注いでいる。

今回、ダンジョンに関してまた新たな情報を得ることができた。

それはダンジョンコアをモンスターが有していることもある、ということだ。

これでいよいよ人間はダンジョン攻略が遠のいていくだろう。

コアを見つけさえすれば、わざわざモンスターを相手せずとも良かった。

しかし凶悪で凶暴なモンスターを倒さないと、ダンジョン攻略できないとなると……。

もし相手が、人間には到底敵《かな》わない圧倒的なモンスターだとしたら？

スキルを持たない人間が、現状の兵器だけでAランクやSランクのモンスターを討伐《とうばつ》することができるだろうか。Cランクでさえあの強さなのに。

「人間の世界は、どんどん終わりに近づいてるってことか……」

しかしそれでも……。

たとえ世界のすべてがダンジョン化したとしても、俺だけは生き抜ける自信がある。

何といっても俺には――。

「この《ショップ》スキルがあるからな」

万能過ぎるスキルさえあれば、ダンジョン化した世界でも楽勝だ。

そしてどんな障害も乗り越え、俺をバカにした連中がいれば嘲笑《あざわら》ってやる。
これは迫害された俺の、最強ざまぁライフなんだから。

あとがき

皆様、初めまして。十本《とおもと》スイと申します。

この度《たび》、【『ショップ』スキルさえあれば、ダンジョン化した世界でも楽勝だ　～迫害された少年の最強ざまぁライフ～】を書籍化させて頂くことになりました。

初の『現代ファンタジー』というジャンルでの書籍化ということで、本当に嬉しく思っております。

しかも【第一回・集英社WEB小説大賞】において、大賞に選んで頂けたなんて、まさに驚天動地《きょうてんどうち》ともいうべき衝撃を受けたものです。

今まで幾つかご縁を頂き、他の出版社様から書籍化させて頂いておりました。もちろん喜ばしいことだったのですが、僕としてはどうしても欲しいものがあったのです。

それが、今回のような〝賞〟を頂くことです。加えて大賞という最高の栄誉を得られたことが何よりも嬉しいものでした。

ですから選んで頂いたご恩を返せるように、今まで以上に気合を入れて、作品を一から見直して、自分でも満足のいく一冊として仕上がったと思います。

ここで少し内容についてお話させて頂きます。

本作は、平和だった世界が突如変貌《へんぼう》し、そこら中の建物などがダンジョン化し、凶悪なモンスターが出現するところから話が始まります。

さらに主人公である坊地日呂《ぼうちひろ》に、特殊なスキル――《ショップ》が目覚める。

これはもし日本に、そんな大災害が起き、かつ、自分にこんな能力があったら面白そうだなと思って、何となく書き始めたのがきっかけでした。

魔法とか最強の肉体というのも考えましたが、どうせならもっと汎用力《はんようりょく》のある能力が良いと思い、この《ショップ》スキルにしたのです。金さえあれば何でも購入することができる。それこそ島だろうがミサイルだろうが何でも。

しかも異世界ファンタジーに存在するようなアイテムやモンスターなども、資金と対価に自由に購入することができるのは面白いと思ったのです。

単純な力で無双《むそう》するよりも、そうしたアイテムやモンスターの力を借りて生き抜いていくのも新鮮で良いと考えました。実際今まで僕はそういった物語は書いてこなかったので、一度そんな話を書きたいと思ったのです。

また主人公にも癖《くせ》があり、人間嫌いということもあって、もしかしたら賛否両論の激しい人物像になっているかもしれません。

これからそんな主人公が巻き起こしていく物語を、存分に堪能《たんのう》して頂きたいと思います。

最後に謝辞《しゃじ》を述べさせて頂きます。

本作を出版するに当たって尽力して頂いた大勢の方たちには、心から感謝しております。

またイラストを担当してくださった夜《や》ノ《の》みつき先生は、本当に作品にピッタリとした絵を描いてくださいました。特に女の子がとても可愛《かわい》く、主人公のパートナーであるソルなんて、一目で心がときめいたものです。本当に素晴らしい絵をありがとうございます。

そしてＷＥＢ版から支援してくださっているファンの方々や、実際に本を手に取ってくださった方々にも感謝しております。

そうして僕に感動を与えてくださった方々のためにも、さらに喜んで頂けるような作品を生み出すべく、これからも精進《しょうじん》していきたいと思います。

ではまた、是非《ぜひ》皆様にお会いできることを祈っております。

そして皆様が素晴らしき本に巡り合えますように。

あとがき
一巻お買い上げありがとうございます！
ーソルー

ダッシュエックス文庫

『ショップ』スキルさえあれば、ダンジョン化した世界でも楽勝だ
～迫害された少年の最強ざまぁライフ～

十本スイ

2020年10月28日　第1刷発行

★定価はカバーに表示してあります

発行者　北畠輝幸
発行所　株式会社　集英社
〒101-8050　東京都千代田区一ツ橋2-5-10
03(3230)6229(編集)
03(3230)6393(販売／書店専用)　03(3230)6080(読者係)
印刷所　凸版印刷株式会社
編集協力　梶原　亨

ISBN978-4-08-631387-2 C0193

魔弾の王と聖泉の双紋剣《カルンウェナン》3

瀬尾つかさ
原案／川口 士
イラスト／八坂ミナト

偽アルトリウス派との睨みあいが続くなか、ティグルとリムは対抗策を求めて神殿を訪れた。そこで目にした驚愕の事実に二人は…。

わたしが恋人になれるわけないじゃん、ムリムリ！（※ムリじゃなかった!?）2

みかみてれん
イラスト／竹嶋えく

恋人と親友のどちらがいいか三年間で見極めることにしたわたしと真唯。そんなある日、黒髪美人の紗月さんから告白されて…!?

社畜、ダンジョンだらけの世界で固有スキル『強欲』を手に入れて最強のバランスブレーカーになる ～会社を辞めてのんびり暮らします～

相野 仁
イラスト／転《くるり》

薄給で酷使される生活に嫌気がさして挑んだダンジョン攻略で、チートなスキル『強欲』をゲット!? 元社畜の成り上がりが始まる！

俺はまだ、本気を出していない5

三木なずな
イラスト／さくらねこ

女王エリカの猛アタックを受け続けたヘルメスが遂に陥落!? さらにかつてヘルメスに求婚されたという少女ソフィアが現れて…？

ダッシュエックス文庫

電波的な彼女 新装版

片山憲太郎
イラスト／山本ヤマト

不良少年・柔沢《じゅうざわ》ジュウは堕花《おちばな》雨《あめ》と名乗る少女に付きまとわれている。ある時、連続通り魔殺人に遭遇したジュウは、雨を疑って…。

電波的な彼女 ～愚か者の選択～新装版

片山憲太郎
イラスト／山本ヤマト

知り合ったばかりの幼女が"えぐり魔"の餌食になった。責任を感じたジュウは、雨の友人・雪《ゆき》姫《ひめ》や円《まどか》と共に調査を進めるが…？

電波的な彼女 ～幸福ゲーム～新装版

片山憲太郎
イラスト／山本ヤマト

何の前触れもなく始まったジュウへの嫌がらせが次第に過激になる。雨の妹、光《ひかる》の被害を聞いたジュウは犯人捜しを始めるのだが…？